TO FREEDOM BORN

Poetry and Prose

in Scots and English

by

Allan A Ross

Dedicated to the memory of

Wilhelmina Taylor Ross

a loving wife, mother and grandmother

whose careful collection of these poems

made this book possible

FOREWORD

Allan Aitken Ross was born in 1877 in the ancient Royal Burgh of Newburgh in Fife where he grew up. After leaving School at twelve years of age, he served an apprenticeship as a stone-mason and worked at that skilled trade for most of his life. Despite the strenuous nature of his daily work, he was able to indulge in hobbies. These showed his artistic leanings and included painting in water-colours and oils, short story writing and, of course, poetry.

Another of his hobbies was hill-walking and he was out on the hills several times a week, winter and summer. On his way to and from the hills, he would pass the historic Bethune Cottage, built by the poet brothers John and Alexander Bethune, who both died very young. Charles Kingsley said that Bethune Cottage should become a shrine second only to the grave of Robert Burns. From the hills above the cottage the vista of the Tay Estuary from Dundee in the east to Kinnoul Hill in the west can be seen and, in the valley immediately below, the ancient ruined Lindores Abbey written about in this book.

All of the poems in this book were first published in popular Scottish newspapers of the time, notably the *People's Journal, Perthshire Advertiser* and *Dundee Courier and Advertiser*. In 1908 the *People's Journal* held a competition for poems in Doric Scots. Entries were received from all over Scotland and Allan Ross, who had entered under the pen-name *Scotch Lad*, was declared the winner. The paper presented him with a gold medal to commemorate his success. He continued to write until the outbreak of the Second World War.

Allan V S Ross

CONTENTS

LET SLEEPIN' MEN LIE

Big Tammy B., o' waggish fame,
Ae winter's nicht wis trudgin' hame,
When a' his breadth an' length he fell
Ower little drunken Geordie L.

Puir Geordie couldna use his feet,
His helplessness was ower complete;
A guid he'rt Tammy didna lack -
He took him hame upon his back.

Wee Geordie's wife cam' to the door
(A Tartar wis she to the core),
An' seein' Geordie's helpless trunk,
Big Tam, she thocht, had filled him drunk.

"Ye brute," the neebours heard her yell,
"Ye're nae fit chum for Geordie L.
Hoo daur ye, at this 'oor sae late,
Bring hame my man in sic a state?"

Big Tammy stared for seconds ten,
Then lifted Geordie up again.
"Aweel," he said, "wee Geordie's licht,
I'll tak him back again a' richt."

An' aff he marched wi' Geordie L.,
An' placed him whaur ower him he fell,
An' vowed that in sweet by and by
He'd sleepin' men an' dogs let lie.

OOR WUNNERFU' CLOCK

Ae mornin' oor clock took it into its pate
To sprint like a young ane, then calmly to wait
(At least, so I think) for the loiterin' 'oors
O' lazy auld clocks in the steeples an' too'ers,
        An' half an 'oor late I stood at the gate-
        Sic a fuilish auld clock is oors.

Says I to the keeper- "The gate ye'll unlock
Whenever ye hear o' oor wunnerfu' 'knock';
By dint o' its great supernatural poo'ers
It mak's oot a day to be twenty-twa 'oors.
        Then staun's like a rock, an' I get a shock
        Frae that wunnerfu' knock o' oors."

Says he- "Tell nae mair o' yer knocky-kneed woes;
The knock that ye need is a knock on the nose.
If that's no' enough, then a series o' cloors,
For sleep superfluous is best o' a' cures.
        To him wha wad pose as ane o' yer foes,
        Gie that wunnerfu' clock o' yours.

I'm thinkin' it's lazy, or crazy, or baith;
It's broken my temper, a' records, an' faith
It's brakin' my he'rt, an' at present, in shoo'ers,
My tears thickly fa'- ay, the real "Simon pures,"
        But still I am laith to sentence to daith
        That maist wunnerfu' clock o' oors.

TAM THE CADGER

Hark ye! Tam the cadger's comin',
Weel kent is his crackit bell;
It can summon man an' woman;
Noucht on earth but Tam can sell.
Tinkle-tankle! Tinkle-tankle!
"Come, my he'rties, come an' buy!"
Faither, mither, auntie, uncle -
A' come oot to hear him cry -
"Ingans, blackin', beans an' barley,
Bath-brick, tatties, soap an' cheese -
Dinna lean on my auld hurlie -
Bloaters, carrots, pepper, peas,
Needles, nails (a' sorts and classes).
Herrin, hairpins, tak' yer choice;
Curlin' irons for the lasses -
Hey there! laddies, stop yer noise!
Ho, I'm sellin', if ye're buyin',
Bools for bairnies, pipes for men;
'Pon my life, I'm hoarse wi' cryin',
What ye'd like, I dinna ken!
Tacks an' tinnies, purses, peeries,
Saut and treacle, pens an' ink,
Reels an' ribbons, come, my dearies,
Dinna tak sae lang to think!
Ho! I'm sellin, If ye're buyin';
Hae ye ony irksome ills?
Here's a sample worth the tryin',
Porous plasters, poothers, pills.
Beads and buttons, combs an' candles;
Ye demand an' I'll supply.
Hammer-heids an' hammer-handles -
Ho! I'm sellin', will ye buy?"

Faith! but he's a canty carl,
Cheerfu', pawky, witty, spry;
A' the ferlies in the warl'
In his queer auld hurlie lie.
What tho' his auld bell be crackit,
While it's rung by honest hand,
What tho' Tam be humpy-backit;
Whaur's his like in a' the land?

THE DEFENCE OF THE PEAS

Auld John McQ. had in his yaird
A crap o' peas which he did gaird
A' oors o' nicht an' he never cared
A single rap
Though frae his bonnet, nose an' beard
The rain micht drap.

His peas were a'maist twice the size
O' Peter Smith's an' Wull McKie's,
Wha'd bate auld John and a' the boys
At previous shows;
Noo each saw John wad lift the prize
Frae' neath his nose.

Ae nicht the sky was black as ink,
When Peter ower a scheme did think;
But, strange to say, Wull, link for link,
Had planned the same,
An' secretly each ane did wink
Ower his ain game.

Wi' pistol, representing law,
Auld John sat on his gairden wa',

An' rubbed his een whan there he saw
Stalk ower his yaird
A figure ghaistly white ower a' -
A spectre weird.

Straucht for the peas it made a tack,
Then stopped as if 'twas ta'en aback,
For there anither ghaist in black
Had crossed the lane,
An' trailed ahint some yairds o' slack,
Lood clankin' chain.

For earthly pain it showed abhorr'nce,
An' raised its "hauns" abune the thorns.
The white ane thocht that they were horns,
An' drapped, its sheet.
Then baith sped aff - to nurse their corns
An' stockin'ed feet.

"It's eerie like," quoth John McQ.,
When baith the ghaists were lost to view;
"But though Auld Hornie an' his crew
Loom up like trees,
In spite o' ghaists white, black or blue,
I'll watch my peas."

BUDDIES IN THE BUS

While the bus is bickerin' swackly
Through the corrie and the glen,
Past the village hames and hallans
And the birk-embowered den,
Ane may glisk wi' kindly spirit,

And in humble rhyme discuss
Men's fu' makly worth and merit
'Mangst the buddies in the bus.

That they're a' Jock Tamson's bairns
Is a truth nane could confute,
When frae mony moulds the castin's
Shape's nae maitter for dispute.
Whether straucht or thrawn and shauchled,
Dweeble, stoot, as seen by us;
Sprittie, gleg, or fashed and trauchled,
They're but buddies in the bus.

Ane can jink and ane maun stoitter,
Ithers breenge wi' vaunty stride.
Some can birse, and some maun coorie,
Antirn pawky anes can glide
To a neuk or whiles a crannie,
Whaur, as steeve as in a truss,
Squat the canty, crouse, or canny,
Blithesome buddies in the bus.

Voices like turmurrin' streamlets,
Ripplin' laughs frae humour's well,
Mingle in the thrangsome stushie,
While the croods hame-hiein' swell.
Then stravaigin' comes a buddy,
Brings in-ower a peck o' fuss,
Swears like ony cheat-the-wuddie,
Sin' it's no that buddy's bus!

There's a pair o' scandal-mongers,
Pack as craws upon a lum,
Peckin' at a bit o' gossip,
Greedy, gobblin' at the crumb.
Tongues that bite e'en may be smitten-

Jolts are aft calamitous-
Wist we that the biter's bitten
When 'tis jundied in the bus.

There's young Don, so rapt and wilyart,
Hears nae word and sees nae scene;
Sweet romance has placed a bonnie
Winsome lassie in between.
Wisps o' gowd 'neath cap are strayin'
On the pink-white o' her cheek-
Trowth! Romance would seem decayin'
Were young Don no' fain to keek.

But, waesucks! The lass is tentless
While she casts that magic spell,
An' she never deigns to vissie
A' that Donald's glance would tell.
On the route o' life's ambition
And o' love's, 'twas ever thus.
Aft the prize gangs 'gainst the wishin'
As the lass gangs in the bus.

THE BAIRN'S ILL-TURN

There bides in oor ain Aipple Raw
A neebor wife ca'ed Jean M'Craw.
O' sax fine weanies Jean's the mither,
But whiles she's tentless a' thegither
O' their sma' steeriefykes an' fashes,
No' that she e'er stravaigs or clashes.
The fac' is this, oor neebor Jean
On readin' is byordinar' keen;
She waits na till the bairnies a'
Are cuddled doon at gloamin' fa',

To read a bittock ower the ingle,
Like feckfu' buddies, wad or single;
She'd read e'en though, baith back an' front,
The hoose roared under lowe an' lunt.
The tither morn (it's no a lee),
Swith in an unco tirivee,
She ca'ed the neebors to consider
What ailed wee Tam. "I hae a dridder
That by mischanter he has swalitt
Clean ower his kraig his wee toy mallet.
To soothe him I hae ettled lang,
But waesucks! I kenna what's wrang.
A year-auld wean in his chair sat,
An', trowth, sairly yowled an' grat;
They weened to see him saw forlairn,
That something waesome ailed the bairn.
Syne ilk ane mooted her ain cure
For ills wanchancie, steeve, an' dour;
But though the best o' them were waled
Tam steeked his moo like boords fast nailed.
An' while puir Jean for poothers reenged,
The mair the bairnie grat an' peenged;
To daut she ettled, syne to diddle,
Lamentin' sair her weary widdle.
"I'm fleyed that I'm to tyne my laddie,
Rin, Katie, lass, an' bring your daddie."
The bairn glowered at Rab, his brither,
Suppin' his parritch wi' fient a swither.
"Wheest, wheest, my pet," said Mrs Prattie,
An' ye'll get parritch, my wee dautie."
Faith, then, the bairn's pain relaxed,
An' oot his fat wee han' he wraxed.
"Lod sakes!" gasped Jean, this cowes the cuddy,
But I'm a do'tit, thowless buddie;
I clean forgot to gie the wain
His parritch, waes me! he gat nane!"

KIRSTY M'CLEAN'S MISTAK'

On Setterday nicht, in gloamin' licht,
Oor John remarked to me-
"My black kirk breeks'll need some steeks,
They're torn at the knee.

It's raither dark for sic-like wark,"
He ventured to advise,
"It'll be nae sin to mend them in
The mornin' when ye rise,"

Noo, some folk say- the better day
The better sae the deed;
But that I doot, sae I socht oot
My needle an' my thread.

I stitched the tear, an' ye wad ne'er
Hae kent it had been torn;
Says I- "They'll be, I'll guarantee,
As guid as new the morn."

John seemed to feel a' richt an' weel
Neist day till he sat doon
In oor kirk pew, an' then his broo
Grew dark wi' angry froon.

He risked his sowl by grunt an' growl,
To scowl at me he dared;
He ne'er did look upon his book,
But at his troosers glared.

Then bit by bit his muckle fit
He slowly edged alang;

He kicked my taes an' hoarsely says-
While a' the ithers sang-

"Kirsty M'Clean, what did ye mean
By thae ten fearfu' steeks;
To mend, indeed, wi' snaw-white threed,
My braw, black Sawbath breeks."

Guidwives, tak' tent, whan there's a rent,
Stitch't up withoot delay,
An' mind this creed- The better deed
Is dune in licht o' day.

THE REEKIE HOOSE

Waesuks! my face ne'er will be clean,
　　It never wis sae black;
I kenna whit possessed me, freen',
　　A reekie hoose to tak'.
I'll cheenge my name to Kirsty Black
　　Instead o' Kirsty Broon;
Oor reek'll no gang up, alack!
　　It aye comes puffin' doon.

Ilk day an' week I can but keek,
　　My een are bleart an' blin',
Tears black wi' reek rin doon my cheek
　　An' trickle ower my chin.
I hoast an' choke an' sneeze an' boke,
　　Oor lum ne'er ca's a truce;
Aye, freens an' folk, a pig 'n a poke
　　Wis oor auld reekie hoose.

Oor John granes like he's gaun to dee
Ower in a corner dim;
Although his face I canna see
I ken it's unco grim.
A big bum-bee has tried to flee
Across oor reekie room,
But feth, it's stuck! (that's no a lee)
It hasna learnt to soom.

White cloots get grey an' grey cloots black,
An' black things blacker grow;
Gin John is seen I swear he'll lack
His erstwhile hoary pow.
Guid suits o' claes or claes o' soot,
Oor suite mak's me look soor,
Whilk's nicht or day we often doot
Till oor clock strikes an 'oor.

Ertchoo! ertchoo! my nose is foo;
Oor John is fond o' snuff,
I think I'll keep the bawbees noo,
He's got mair than enough.
O' gowd an unco guid roon' sum
Can never me induce
Again to greet ower sic' a lum
In sic' a reekie hoose.

TEENIE TURNED A LEAF

He was decked to the waist in paper an' paste,
As crawlin' cam' he wi' despair on his broos,
He was ochred, whitewashed, bespattered an' splashed
In staggerin' streaks o' the rainbow's hues.

He was reekin' wi' swat, an' 'twas soot that he spat,
His elbows were stiff, though well lathered wi' grease,
He'd a black-leaded ear, an' in words weird an' queer,
He moaned wad the world's upheavals ne'er cease.
"Teenie's cleanin'," wheezed he, "she's at it wi' glee,
Teenie's cleanin' the hoose, but wha's to clean me?"

'Twas puir Robbie Tam in a kind o' a dwam,
Forjeskit in body an' raveled in wit;
A wreck maist complete, hirpled he to the street,
An' sat on a stane like a lame tam-tit.
Frae his chin to his heel he was warped like an eel;
He was worsted, in fact, like a sock rattled doon.
He sighed an' he sagged an' his tousy heid wagged
To the mournfu' notes o' the dirge he did croon-
"Teenie's cleanin', ye see, she's at it wi' glee,
She's cleanin' the hoose, but wha's to clean me?"

Noo, his wife, Teenie Tam, ne'er fashed wi' a qualm
O' conscience anent the dire plight o' her man,
Turned the hoose inside oot an' flicked a lang cloot
In the een o' puir Robbie, sae weary an' wan.
Noo, we hail her wi' pride as example an' guide
To the wives o' Rigshandy an' ithers forbye;
She mak's spotless her hame an' stainless her name,
An' finds cheer in the purpose that keeps her heid high!
An' may we find balm an' contentment an' calm
When Time an' the weather has cleaned Robbie Tam.

MACTHRASHER'S ULTIMATUM

A suffragette Mrs Macthrasher wad be,
To put richt a' the things that were wrang.

Frae the laws o' tyrannical man to be free
Was aye the key-note o' her sang.

"I tell ye, gudeman, yer career's aboot run,
Ower lang hae I stood yer abuse;
By oor Suffragette Club's ultimatum ye maun
Aye keep yer ain side o' the hoose."

An' Tammas Macthrasher her glaikitness tholed,
An' feenished the wark she began
Ilk nicht ere she gaed to the Club to unfold
Gleg plans to exterminate man.

Said she:- "Ye may prate aboot chivalrous men
An' heroes like Wallace an' Bruce,
But, feth, ye hae faes that they didna' hae then,
Tae keep yer ain side o' the hoose."

Aboot his ain hoose Tammas fearsomely crawled;
O' the weans he had aft to tak' tent.
Wi' trauchle an' fash he grew byart an' auld
Till by cronies he hardly was kent.

An' she at the Club consigned men to the deil,
Or, in ledy language, "the deuce."
She flattered hersel' she was learnin' him weel
To keep his ain side o' the hoose.

Ae nicht she cam' hame unco late frae the Club,
An' gied the door mony a cloor,
A rap-a-tap-tap! an' a rub-a-dub-dub!
She clattered an' banged for an oor.

Macthrasher looked oot frae the winnock at last.

Said he:- "I hae stood yer abuse,
An' my ultimatum to ye I wad cast-
Keep ye yer ain side o' the hoose."

MACDOOLY ON WASHIN' DAY

Freens, bide a wee, an' tak' ye tent
O' this, MacDooly's lang lament;
In my ain wey wad I gie vent
To dool an' wae,
Whether or no ye be acquent
Wi' washin' day.

When in the hoose there's unco steer,
An' when the gudewife's mair than swear
To cook for dinner what, 'tis clear,
Her man wad hae,
The cause o' this ye need na speer-
It's washin' day.

When bairnies peenge an' glunsh an' greet,
Cowp jam an' treacle at their feet,
An' whaur the gudeman tak's his seat-
Oh, hear his bray!
Nae need to tell whae'er ye meet
It's washin' day.

When parritch, on this day o' evil,
Gets three steers frae the parritch theevil,
'Tis then the gudeman, wi' a sneevle,
Is heard to say-
Weel - something low aboot the deevil
An' washin' day.

An' when nae droothy winds are blawin',
But dreary, weary drizzles fa'in',
An' soor the gudewife's face is thrawin',
Her man may hae
Ae meenute's peace, but never twa in
That washin' day.

An' when the fierce winds blaw an' bluster,
An' spotless claes fa' in a cluster
Doon mangst the dirt, ye mauna fluster
Roond in her way,
Or in yer e'e she'll flick a duster,
That washin' day.

E'en at this meenute I, MacDooly,
Am squattin' on a shoogly stooly,
Ettlin' to stop a wean's unruly
An' shrill deray;
Oh, could I rin, I'd rin fu' hooly
Frae washin' day!

THAT WUMMAN

A hungry, crabbit, wild-e'ed man
Aroon' the hoose gangs stampin',
He kicks the baudron when he can,
Atweesht his spells o' rampin;
The bairns wauken, glower an' greet,
An' syne the hale taft's hummin';
A howl o' dool soons throo the street,
"Oh whaur, whaur is that wumman?"

Oot on the stair gang sax or mair

Fell soople chins a-jinkin'
I'm unco shair the feint a pair
O' een has time for winkin'.
Wi' clash an' clatter gangs ilk moo
Wi' nae unsiccar swither,
Syne soon's that voice o' wae sae foo' -
"Hye, laddie, whaur's yer mither?"

In crackin ower a bargain sale
They're smirkin an' turmurin',
But, waesucks! vera sune the hale
Clanjamfray is cur-wurrin'
Ower which ane missed her turn to wash
Wi' soapy graith the lobby,
Till lood abune the fike and fash
Soon's - "Whaur's yer mither, Bobby?"

I' feth, nae gleg an' tenty dame
Tints her fair stents o' jauner,
Or fient a fawsont, genty name
Her neebor wad be ca'in' her.
Ane is speirin' whit Jeemeemie Flout
Is gettin' aye to laugh at,
Wi' haughty geck says she - "I'll clout
My neives aroon yer haffet!"

THE INFLUENZA DE'IL

An ill-faured knurl, kent ower weel,
Named here the influenza deil,
Gat clauchts o' me wi' neives ill-willie,
An' garred me shiver, willie-nillie.
An' sae begood a tulzie dour-

Richt weel I mind ilk clout an' clour;
He ettled sair my heid to batter,
An' doon my back skelled cauldriffe water;
He thrawed a brog doon thro' my heid,
An snirled, dootless, at the deed;
Wi' reeshlin' noises, lood an' thrang,
My ears chokefu' the imp boost pang.
I heezed an' warsled, peched an' loupit,
My e'en grew bleart, my kraig gat roupit,
My haffet banes he clawed an' grabbit,
Till I was drunty, coo'ed, an' crabbit.
He dirled an' dunted at my croon-
I near haun grat at ilka stoon.
My tongue was quate, I couldna wag it;
Atweest my ribs his horns he jaggit.
Waesucks that wee mahoun at lairge
O' my puir carcase made a tairge.
My pate spun like a swankie peerie;
Ilk tree an' hoose turned tapsalteerie.
Thro' that day's darg I kept a-jaukin',
Like skelpit cur or wounded maukin.
I hirpled hame, crooked, cauld, and dizzy,
While still the deil was unco busy;
I snooled to bed, forfairn an' limp,
Dung dowie by a dagint imp.
An' there I sprauchled, fidged, an' jundied,
Like battered hulk on rocks agrunded.
They gied me potion, pill, an' poother-
I'd fain hae wheeked them ower my shoother;
Sic mixtie-maxties discompose me,
I'd fain a doze when they'd dose me.
Dr. Feeseeker cam', an' ca'ed again,
Hoasted an' hawed, hummed, an' hawed again,
Took tent o' pulse, o' tongue, an' diet.

"Nae skaith", said he, "but unco nigh it".
Belyve the elbucks o' the knurl
Grew dweebler aye wi' ilka dirl;
His stang gat feckless, dowff his whack,
Till aff he jinkit on the track
O' some puir wumman, man or bairn-
I'll fash nane gin ill-skaith's his farin'.

THE WANDERER'S DEAR AULD HAME

I ramble by the river's creuk,
 Whaur lies a hamlet sma',
In cosy fruit-enclustered neuk,
 The sweetest e'ere I saw;
The rugged crags an' whinny knowes
 Form fit and rustic frame
Aroon' the cots in peacefu' howes-
 The wanderer's dear auld hame.

I hear the lappin', ripplin' tide,
 As to the sea it speeds;
The wavelets gambol by my side
 Amang the whispering reeds.
Frae thaikit cots white coils o' smoke
 Are curlin' 'mangst the trees;
The withered leaves o' beech an' oak
 Fa' in the gentle breeze.

Whaur are the lads that ower yon hill
 In life's bricht mornin' ran,
An' leapt in glee ower mony a rill
 The wee legs couldna' span?

The sinkin' sun shines on the kirk,
  Whaur some lang syne were laid,
An' 'lane I wander in the mirk,
  In lengthenin', lingerin' shade.

WINTER WITH THE AULD FOLKS

"Snell, snell soughs the blast frae the norlands o' Gowrie,
  There's ice on the river an' snaw in the howes;
In summer the trees were sae green an' sae flowery,
  But noo the cauld drift cleeds the bare, gnarled boughs;
Gudeman, sin' we wooed in yon summer days bonny,
  When the birkenshaw rang wi' the mavis's sang,
Oor pows bear the cranreuch o' lang winters mony,
  Oor summer has gane, John, an' sair is the pang."

"Ay, lassie, 'tis true; we are toddlin' fu' weary
  Wi' short feeble steps 'neath a cauld wintry sky.
Amang the dark firs the wind's sough is fu' dreary,
  Yet the wee lintie blithely gangs flichterin' by.
The tide still will glide fast an' free in the river,
  An' the winds again reeve 'mangst the ripe gowden grain,
But oor summer has gane wi' its glory forever,
  An' ne'er will come back to the auld folks again."

"Gudeman, clouds o' gloom o'er the cairn are lowerin',
  Sune cauld sleety blasts on the land will be hurled,
But when summer comes on an' the hawthorns are flowerin',
  There a cloudlet o' silver will smile on the world.
Oor summer is comin', John, swift frae the Heaven,
  Whaur streams oot the sun on the fruit an' the grain,
An' oor winter maun gang whan the wide sky is riven.
  An' ne'er will come back to the auld folks again."

TWA SPADES

A douce, worthy billie named Lauchie M'Lairdie
Ae mornin' resolved that he'd delve his kail-yairdie.
He had in his toolshed twa bonny new spades
Wi' braw painted hafts aboon bricht shiny blades.
So M'Lairdie chose ane that wad best suit his hand
To whummle the yirth as M'Lairdie had planned.
When his day's darg was dune, an' the slow-creepin' mirk
Cam' doon ower the clachan, then he wi' a smirk
His spade gied a scrape, an' said he- "Ye're no clean,
But eydent an' sprittie this day ha'e ye been."
An' sighin' he placed it 'mangst implements mony,
By the side o' its neebor sae clean an' sae bonny.
"Gude faith, whit a sicht!" at last cried the new spade
"Splairged wi' nasty black yirth is yer aince bonny blade
An' the braw yella paint ye hae tint frae yer haft-
Trowth, a mair ugsome sicht I ne'er saw in the taft."
An' the answer was short- "I'm rale prood I'm a spade,
An' the spade that ne'er howks is the sooner decayed."
Next morning M'Lairdie said, "Certes, I maun
Again tak' this spadie, it suits weel my haun."
Sae to his kail-yairdie again he gaed stappin'
An' stopped when the mirk ower the corrie was drappin'
"Weel dune, my gude spadie," said he, "ye're no clean,
But eydent an' sprittie this day hae ye been."
That e'enin' it had na lang stood in its place
Ere its prood shiny neebor said wi' a grimace-
"Deed, freen', but ye're lookin' baith dowie an' dun,
To see ye is waesome, yet michty gude fun!
I'm the gent amangst spades, ye're the navvy, ye see,
An' I hope that ye'll ne'er come in contact wi' me."
"My freend," was the answer, "for this I was made,
An' the spade that ne'er howks is the sooner decayed,"

M'Lairdie each day took his favourite spadie,
An' lent it, forbye, to his neebor, John Braidie,
But soon the braw spade began sairly to fash,
For the rain through a hole abune cam' in wi' a splash
Till the yella haft bonny was soaked wi' the wat
That trickled an' dreeped as if sairly it grat.
When M'Lairdie laid in his gude spade for the nicht,
"Lod sakes!" it cried oot, "whit a peetifu' sicht;
An auld roostit spade, the worst ever I saw,
An' it seems that my braw painted neebor's awa'.
Na, fegs, my auld freend, that it's you I am siccar,
E'en though ye're maist waesome waur o' the liquor.
Ye mind, my puir brither, ye scorned my lot,
An' to yer braw haft soon the rust'll bring rot.
Tak' tent o' my words, for each ane is a true ane-
The spade that ne'er howks gangs the sooner to ruin.

THE PLOOIN' MATCH

I gaed to see oor plooin' match
 Doon by the bank o' Tay, man;
Some sichts I've seen are no' a patch
 On sic a graun' array, man.
Braw horses urged by buirdly chiels
 The shear gaed stracht an' steady;
No' mony hauds the ploo sae weel's
 Oor Scottish plooman laddie.

Ilk callant, as he turned the rig
 Got mony words o' cheer, man;
"Noo, Jockie, keep it snod an' trig;
 Ye're liftin' 't clean an' clear, man."
But 'mangst them a', baith young an' auld,

Or o' whatever ilk, man.
There's nane sae bonny furs can fauld
As oor ain sturdy milkman.

Ay, feth, but skilfu' were them a'
Wi' steady haun' an' e'e, man,
An' every rig wis jist as braw
As ye cud wish to see, man.
Keep up yer he'rts, ilk hardy chap,
Although ye may be beat, man;
Ye'll never need to care a rap
Whan ye sae weel compete, man.

Ilk horse weel harnessed, ribbons bricht,
An' tastefu' clippit hair, man,
'Twas hard to tell the brawest sicht
Or pick the smertest pair, man.
For noble toil an' sport combined
Gie me a plooin' match, man;
A' great events o' ither kind
Are no' on it a patch, man.

Some lordly minds are faur abune
Clay common an' sic things, man;
They fear to clart their denty shune
An' tyne their silken wings, man.
Wha's worthiest o' their Scottish birth?
Speak oot yer answer true, man.
Is't no' the chiels that till the earth
An' toil ahint the ploo, man?

ROADSIDE HAMES

Hames by the road, by the craig and the corrie,
    Hames by the river and hames on the braes,
Biggit in stane roond the sang and the story,
    Legend and love 'o the lang-gane days.
Wee thaikit hame-cots that nestle sae shyly
    'Mang the green clachans and neuks o' the glen,
Tentless o' factions, fu' wanton and wily,
    Careless o' creeds and the cravin's o' men.

Hames drab and duddy; hames buskit in beauty;
    Prappit in poortith or pillared in wealth;
Towerin' as if to be prood was a duty,
    Or cowerin' low as tho' peepin' by stealth.
Biggit in stane roond a sang or a story,
    Hame o' the humble and hame o' the heich;
Tell they a story o' peace or vain glory,
    Happy abidance or pleasures fu' dreich?

Ilka darg-day is the hame-dweller strivin',
    Biggin' his story and makin' his sang;
Strife or contentment is in the descrivin',
    Leesome the lilt or a note ringin' wrang.
Hames by the road, whaur we wander a-musin',
    Aiblins are biggins that want but a name;
Ilka darg-day a hame-dweller is choosin'
    A stane-cauld hoose or a he'rt-warm hame.

A WHIMSICAL PLOT

McPheenie grinned wi' pawky pride,
As questions in a rising tide,
Cam' forth frae ten allotmenteers,
Wi' laughin' quips an' freenly jeers.
They, sleeve to shirt-sleeve, stood agape,
An' stared upon the diamond shape
Cut by McPheenie's cunning spade-
The plot o' mystery he had made.

McPheenie shook his Irish heid-
"The riddle's there, for a' to read!"
The diamond plot was one half beet,
The ither, lettuce, spaced sae neat,
While lane but bold at each tail-end,
As though placed firmly to defend,
An' ower it a' a watch to keep,
A purple-top, here named a neep.
In centre was a smooth, roond stane,
Nane but McPheenie could explain.
An' he just laughed wi' Irish glee,
An' wadna hand the chaps the key
To secret plot an' secret raws-
Between his grins he closed his jaws.

At last McPheenie one fine day,
Reefed in his grin and said his say:-
"Auld Reekie is moi Scottish hame,
The bould Hibernian is my team,
Midlothian Hearts Oi lend a clap,
For Hibs Oi lose my head- an' cap!
Oi'm what yez call a football fan,
An' proud to be an Oirishman!

So here's my plot, wi' two teams in't,
Wi' goalies topped in purple tint.
The beet are Hearts, green lettuce, Hibs-
Don't laugh, begorr, ye'll burst yer ribs!
Lined up, the purty ould teams stand,
Wi' ba' in centre as Oi planned.
It cheers me sowl each toime they meet-
Oi always know the Hearts are Beet!"

THE RIVER PUFFER'S SONG

Don't you see my dusky funnel,
And my dark, deep-lyin' gun'ale,
As I'm churnin' up the channel
With a puff?
Don't you hear my engine clankin'
With a thuddin' and a twankin'?
For my speed I can't be thankin'
It enough.

Now, my breathin's not asthmatic,
Though it may sound quite erratic;
It belongs to my aquatic
Constitution.
If you listen to its raspin',
And you guess that I am gaspin'
For more breath, you aren't graspin'
The solution.

Or you may suppose the reason
Of my painful way of wheezin'
Is the want of proper greasin'
All around.

When I seem to be a-sobbin',
And my heart with pain a-throbbin',
I may only then be bobbin'
On the ground,

Yes, my aspect's squat and sooty,
With no single spot of beauty;
Still to puff along's the duty
Of a puffer.

I've an honest fellow stokin',
And a dusky funnel smokin';
I don't grumble, for no croakin'
Can I suffer.

I may cough and gasp and quiver
When I'm churnin' up the river,
But you'll own my puff is never
One of sorrow.

Though my hold may have of stuffin'
Rather more than quite enough in,
Quite "light-hearted" I'll be puffin'
Down to-morrow.

THE COT BY THE AULD STANE WELL

I gazed yestreen on a biggin' auld,
For the moss-cleedit wa's looked dowie an' cauld
As November's blast sae snell
Soughed doolfu' sangs throo the banks sae bare
An' the duddy auld thaik that'll scoug nae mair
The couthy herts that aince dwelt there
In the cot by the auld stane well.

The stane's at the yett whaur I sat in the sun
When in summer birds sang in the dell;
'Twas there my schule carritch I ettled to cun,
An' the muckle words ettled to spell;
An' the neuk by the ingle whaur faither aince sat
An' daudit me when wi' sma' fashes I grat,
An' wyled me to bed wi' a cuddlesome pat,
In the cot by the auld stane well.

I saw benty braes whaur I loupit ilk whin,
Aft scartin' an' jaggin' mysel',
Till my mither wad cry- "Laddie, toddle ye in
Did ye hear na the aucht o'clock bell?"
I saw the auld clachan, the kirk an' the ha',
An' the wee thaikit hooses, mair couthy than braw;
But dool fills my he'rt, for fast wearin' awa'
Is the cot by the auld stane well.

Lang syne in peace faither an' mither were laid
In the auld kirkyaird yont the dell,
An' yestreen frae the kirk whaur ilk Sabbath they prayed
I heard the auld prayer-time bell.
An' frae the auld biggin' is wearin' ilk stane,
An' the couthy, leal he'rts that dwalt there are noo gane,
Sae I maun e'en wander, forleetit an' lane,
Frae the cot by the auld stane well.

THE MACNACK TARIFF

There was dool in the hert o' puir Saunders MacNack,
For trade was geyan taiglesome, prospects were black;
While he made bonnywalys an' trantlooms galore

That gleg dealer M'Sleewit had steekit his door
An' opened to nane but ane fremit, Herr Heeper,
Wha was sellin' his flegeries twal per cent cheaper.
So Saunders was mauchtless, his bouk he was tynin',
An' it worrit him sairly to see himsel' dwinin'.
Weel, a'e nicht (as he slept) bedene he did determine
To "put peas in the buits" o' this sneck-drawin' German;
Wi' a pistol he snooved to the door of M'Sleewit,
An' vowed a lood aith that he'd e'en do or dee wi' 't.
Herr Heeper cam' pechin' amaith a lairge poke,
Whilk was panged wi' nick-nacks that bring glee to young folk,
But ere in a humplock he'd dumpit the parcel,
Or dichtit his broo at the end o' his warsle,
He saw a wee hole tweesht his e'ebroos advancin',
An', keustin' his toys, begood yowlin' an' dancin'.
"Leuk ye here," said MacNack, "tak' ye tent o' my bargain,
An' I'll fire gin ye fash me wi' ootlan'ish jargon.
O' the new MacNack tariff twal per cent is the rate
So pey doon the bawbees or tak' hameward yer gait!"
The Herr, in a swither, gliskit at the wee gun,
Syne gleyed sidelins at Mac, but he saw there nae fun,
So he bickered awa' wi' his poke on his shoother,
Fleyed lest by mischanter Mac "kittled the poother."
A wheen chiels o' heich state belyve heard o' the pliskie,
An' shuk their wise pows an' turmured it was risky;
But, whatreck, to uphaud the new system they ettled,
So to tax certain trantlooms o' trade it was settled.
For a towmond or mair the new tariff wroucht brawly;
MacNack selt to M'Sleewit ilk toy an' ilk dolly.
But sune at street-neuks glunchin' men were cur-wurin'
An' thraipin' dear needfu's they met at ilk turn.
To tax a wheen things indirectly taxed a',

An' noo, whan ower late, the plain truth o't they saw.
MacNack, in sair puzzlement, scartit his haffets;
The dearness o' things had stown maist o' his profits.
Wanruly men named him a wandocht mislearit,
But his wits were sair whomilt, an' he didna hear it.
'Twas a fell collieshangie- feth, I couldna write o't;
But o' this I'm siccar, MacNack got the wyte o't
As the folk roond him jundied, a' flytin an' screamin',
He slyped doon- to the fluir, an' was gled he'd been dreamin'.

A TRUANT SUMMER

A-drizzle- drap, dreep- drap, drap- dreep.
While fast we work an' fast we sleep;
Like skelpit curs alang we creep,
Bent 'neath oor gamps
As "happy" trippers past us sweep
Like draigled tramps.

When 'gainst a freend we chance to dunt,
To oor "Guid-day" there comes a grunt.
An' what soon's like an unco blunt
Terse invitation
To place a sturdy dam in front
O' this auld nation.

A cursory remark lang famed,
A sorry curse ye'll maybe name't,
But can an honest man be blamed
As sinfu' scamp
Whan wi' rheumatics sair he's lamed,
Crooked, cauld and damp?

That corns are prophets aft we hear,

But Hodge says, a'maist wi' a tear,
Less profit'll corn be this year,
Upon his braes
Than ony that did e'er appear,
Upon his taes.

A-drizzle dreep, drap-dreep, dreep-drap!
Oh, dear! wis that a thunder-clap?
Feth, we'll be washed frae aff the map,
'Mangst mud an' suds;
Alas! we'll never sclim to the "tap"
In yon black cluds.

A DAY AT THE TATTIE LIFTIN'

Were ye ever at the tattie liftin'? No? Weel, dinna greet ower the tint experience. It's a sair, sair trauchle. Ilka bane o' my karkitch is stoonin' yet sin' the day Weelum M'Awl (that's me), my guidwife Betty, an' oor wee younker Wattie had a day at this back-breakin' fun. Wattie gaed as half a buddy wi' Bobby Braid-breeks neist door. Ye see, I'm a souter, and no bein' thrang wi' the buits, I thoucht I'd hae a change.

We were a' real sprittie when we gaed aff to Nirlieknowe in a corn cairt; but before I had an oor o't baith my back an' my speerit were thrawn wi' the conteenual boo, boo, pick, toom an' fill, fill an' toom. My creel gat claggit ower wi' the clarty yirth, an' belyve, it grew to be, I'm maist siccar, a guid hunner-wecht itsel'. Add to that the wecht o' the tatties, the wecht o' my belaggirt buits, the wecht o' my ain thouchts, the remorse that panged my dowie heart at my ain fulishness in bein' wyled by Betty to sic a battlefield, and ye hae a bonny, pathetic picter. Ilka whilie cam' the digger birlin' at my heels, an' to me it seemed to be kecklin' an' lauchin' at my fash an' fyke. The twa wee callants were sittin' on their creels afore my forjeskit pow was allowed to rise frae amang my trauchled feet. Syne a thoucht struck me. I niffered wi' Wattie, an' feth, the gleg wee birkie gaed swackly ower my pairt. I was a half-buddy noo, but I was greenin' sairly to be nae buddy ava' on a tattie field.

A fell droll pliskie was played on a wheen o' the weemen when they gaed hame in the corn cairt. Ye ken they're rale nackie in makin' pokes o' their skirts, in whilk half a creelfu' o' tatties can lie trig an' howdert. The fermers ken a' aboot this, but they're aiblins fleyed to mak' a fash ower it. Weel, Wattie an' the ither callants had somehow lowsed ane or twa o' the "pokies", an' whan we stappit oot o' the cairt, doon rattled a sho'er o' spuds, an oot cam' a burst o' flytin' words frae mony feminine moo's. When I sat in my couthy chair at the ingle I telled Betty wi' a dourness a' my ain that after that day I'd be content as nae body at the tattie liftin'.

THE TULZIE

A Reminiscence of Village School-days.

The memories sweet o' auld lang syne
Leam brichter as oor days decline,
The pawky ploys an' petty strife
Mark weel the gude spring-time o' life.
An' sin' I'm auld an' unco stiff,
Wi' mony a lauch I wunner if

The bauld wee lads o' Whinnymunts
Mind o' the tulzie o' the runts.
Nae fushionless sham fecht was oors,
But foo o' feckfu' skelps and cloors;
Oor truncheons aft were hard eneuch -
Kail-runts, green, supple, lang, an' teuch.
The birkies yont at Nirlieknowes
Had boasted they could crack the pows
O' oor gleg lads o' Peganwhustle
Wi' gude kail-runts in ony tussle.
When dourly we expressed a doot,
They challenged us, and war brak oot.
For generals twa, withoot a swither,
We picked Rab Raglans an' his brither;
An' richt were we, by a' the rules,
For baith were champions at the bools.
Sae twenty strong we marched alang,
Wi' "Scots wha ha'e" oor battle-sang,
Doon thro' the clachan in the mirk,
An' past the auld grey-steepled kirk,
An' ower the knowe ayont the mill,
Led by the sturdy Rab an' Will.
A torch was borne by Pete M'Leerie,
For in the mirk 'twis unco eerie;
An' sae ahint the leesome lowe,
We reached the fuit o' Ferniehowe.
There loomed the doughty foemen's front,
Each warrior wi' a gude kail-runt
Weel clauchtit in his trusty neive -
Feth! Weel I mind that battle-eve.
Ye ne'er saw sic a collieshangie;
The foes' commander, Tam M'Whangie,
Lent oor ain Rab a hefty dirl -
Doon gaed oor hero in the whirl.

Wi' cheers the "Nirlies'" trenches rung,
An' victory in the balance hung.
But sune again, wi' micht and muscle,
We charged them, yellin' "Peganwhustle!"
Jock Roy, mysel', and Neil MacNab,
Led by the wounded, warlike Rab
Gaed breengin' to the front o' battle;
The whustlin's lood o' ilka wattle
Were heard that nicht thro' a' the clachan,
An' waukened P.C. Sandy Strauchan.
Nae poo'er could stop me in my hunt
For foemen worthy o' my runt,
But feint an enemy could I see,
For they had thocht it wise to flee.
Ahint them swith oor lads did bicker,
To mak' the glorious victory siccar,
When frae ahint an auld fule dyke,
His arms flytin', foo o' fike,
The bobby 'mangst oor forces jinkit,
But we had gane ere he had winkit.
Alas! Oor hero, Pete M'Leerie,
Fell ower a divot, heeligoleerie;
Ere ye could say "a puff o' poother,"
Big Strauchan's hand was on Pete's shoother.
Then thro' the nicht a yell resoonded,
As if a mortal sair was wounded -
His torch, gleg Pete, wi' desperate haste,
Upon the bobby's hand had placed,
An' while his howl still rent the air
Big Strauchan found - Pete wasna there.
An' noo, when auld an' unco stiff,
Wi' mony a lauch, I wunner if
The birkies bauld o' Whinnymunts
Mind o' the tulzie o' the runts.

THE MISER'S BAWBEE

His features tense wi' sordid care,
The miser hirpled doon the stair,
To coont his money in his lair,
An' croak wi' glee
That nane were there to claim the share
O' ae bawbee.

A copper coin o' greasy brand
Slipped frae a tremblin', gnarled hand;
He gasped an' groaned, an' quite unmanned,
In grief he roared
That that bawbee he'd fondly planned
Should swell his hoard.

An' then wi' eager, frantic haste
He drew a paper frae his breast,
An', lichtin' that, began his quest-
A sicht uncanny;
He poked an' peered wi' greedy zest
In crack an' crannie.

He found the coin, an' drapped the licht;
The charred remains then catched his sicht,
He grabbed it, started, gasped wi' fricht
An' gripped his throat-
His torch had been, afore that nicht,
A five-pound note!

The miser doesna' stand alane
In losin' mair than he did gain,
For hundreds hae nae need to feign
A want o' glee
Ower loss in tryin' to regain
A broon bawbee.

IN THE KIRK

Some worthy people gang to kirk,
　　Some honest neebours dinna;
Fae truth some hae a wish to he'rk,-
　　There's maybe mair wha haena.
There sits the sleekit hypocreet,
　　An', certies, there are mony
Wha rise like lambs the hymns to bleat,
　　In wools unpaid, but bonny.

Auld "Howdgowd" coonts hoo much per cent
　　He'll mak' aff some auld iron;
His souls no' lost, 'tis merely lent,
　　An' Sautan pays the hirin',
He's interrupted by the din
　　O' snorin' frae "M'Noddy."
Wha, though the text may fit his sin,
　　Ne'er fashes mind or body.

In gaudy plumes a lady fair
　　Struts in wi' prood demeanour,
An' wunners for an 'oor an' mair
　　If every one has seen 'er.
Forsooth, a godly man imparts
　　The tale of Christ's betrayment
To puny minds an' haughty hearts,
　　Esconced in gaudy raiment.

But still, oor gaze can sometimes rest
　　Upon the honest features
O' ane entitled to be blest
　　By God an' fellow creatures.
What tho' his singin's oot o' tune?
　　What tho' his voice be granity?

He gangs na there to hear his ain,
An' please an idle vanity.

TAMMAS PEASE'S SNEEZES

Whan Tammas Pease a'e nicht gae vent
To his opeenions strong anent
The coughin' that gangs on in kirk,
His wife remarkit, wi' a smirk-
"Are you aware noo, Tammas Pease,
That in the kirk ye often sneeze,
An' knock my thochts a' oot o' joint
Just whan I want to catch a point?"

"Guidwife, ye cough a hantle sicht
Mair often than I sneeze ootricht,
An' whan in reverence I'm boo'ed
Ye're sleepin' soon' an' snorin' lood."
An' sae the argiment progressed,
An' a' that nicht nane did they rest,
Till Tammas ventured her to bet
A new hat to a cheenie set
On Sabbath next she'd cough, at least,
Ten times for every aince he sneezed.

Next Sabbath then, in fichtin' trim
They marched to kirk in silence grim,
An' each ane had a paper sheet
For coughs an' sneezes keepin' leet.

Puir Tammas sat on tenterhooks-
Twice upside down he held his books;
To calm himsel' he took a snuff,
But mair, alas, than was enough.

Sae when the third Psalm had been sung
Wi' sneeze on sneeze the rafters rung.
The meenister at this looked vexed,
For he was jist giein' oot the text.

An' Mrs. Pease kept markin' doon,
In great excitement, every soun';
Then something kittled in her throat
Afore she'd time them a' to note;
She coughed, an' coughed, an' coughed again,
An' Tammas lost his coont at ten.

The meenister, wi' righteous froon,
An' speakin' glance, his book laid doon.
"We will resume, friends, if you please,
When finished quite is Mrs. Pease."

When Tammas an' his wife got hame
That Sabbath's text they couldna name,
But Tammas gently hinted that
He was entitled to a hat.

Their notes that nicht did they compare,
An' argie till their heids were sair,
An', no bein' shair wha'd won the bet,
They bocht baith hat an' cheenie set.

SAY YE DINNA KEN

There's an orly-forly busybody snowtin' roon aboot,
Speirin' whit he shudna ken, o' that there's fient a doot,
For uncos he wad snoove frae ruif to lerrock, but an' ben;
But gin sic a body speir, ye say ye dinna ken.

On his cheat-the-wuddie fella-mortals swackly is his e'e,

An' he's dorty gin ye're sweir in his opinions to agree,
His ither e'e's bent on his ain perfections-mair than ten;
But gin aiblins he wad speir, ye say ye dinna ken.

Unco daimen are the clishmaclavers whilk to him are faiket,
Ilka hameld collieshangie though weel dern he boost claik it,
An' but sinel are the hobleshews whaur randies flyte an' sten,
O' whilk he canna tell ye, gin saeliens ye dinna ken.

He howks an' rypes in pedigrees for ony howdert flaw,
Syne aiblins at the hallan-end he'll flap his wings an' craw
Like a vougy cock-howtowdy ravin' his kraigie in the pen-
But gin ettles he to speir, ye say ye dinna ken.

"Ween ye na that Smith is greedy, an' that Broon is fause an' slee?
Hae ye heard Smith sirples tanglefuit, an' Broon can tell a lee?
Tak ye canny wittens whit ye say, an' aiblins whit ye pen,
Ye'll mak' nae skaith gin ye but smile an' say - "I dinna ken."

Gin we canna reese a billie whase wee guidin' star's na veeve,
Let us keep oor lips thegither like a steevely steekit neive;
A man micht froon when "but" the hoose, an' smile when he is "ben",
But whiles we maun be deaf an' blin', an' say we dinna ken.

The best o' 's hae oor howdert fauts we hae nae wish to vaunt o',
An' faith, geyan scrimpit is the flesh whilk ane could mak'a saunt o';
Gin this orly-forly body claiks o' glaikit, weirdless men,
Yer haffets gie a canny scart, an' say ye dinna ken.

TO A THRIP'NNY BIT

(Lord Barnard said that the thripenny bit as a church offering might be regarded as a sign of respectability, but he would like to see that vilest of coins placed in the melting pot. - Daily Newspaper.)

Wee coinie tak' ye tent a while
Yer freenly, bricht, an' glintin' smile
Maun hide frae me a warl' o' guile-
A chield o' wit
An' wecht describes ye as a vile
Wee thrip'nny bit!

The kirk collectors vow ye're mean,
For ilka Sabbath, morn an' e'en,
O' saxpence a michty wheen
In twa are split;
Ye're half the kirk's "what micht hae been,"
Vile thrip'nny bit!

The lawyer, sawyer, mason, miller,
Mechanic, merchant, tailor, tiller,
Add to the broo o' "prap" an' "pillar"
Anither wrinkle;
The kirk kens weel the clink o' sillar,
An' scorns yer tinkle.

When modest programmes bear directions
That coinies offered to collections
Are welcomed ne'er wi' broon complexions,
Ye're my wee giftie.
I'm markit then, through kirk's inspections,
Genteel- an' thrifty!

Sair are the heids o' shop-folks mony,
When come wee lads an' lasses bonny,
"My mither says, please, hae ye ony
Spare thrip'nny bitties?"
An' wisdom's aft-named parsimony
In toons an' cities.

Ye slee, ill-deedie imp o' evil,
Ye're skulkin' noo 'twixt kirk an' deevil
An' kirkmen's richteous, scornfu' sneevil
Suggests e'en that
They'd steer ye wi' a parritch theevil
I' the meltin' pat!

Undooted mark o' straucht an' staid
Respectability- honoured grade! -
By rich an' puir aft, aft ye're weighed,
Wi' mony a swither;
But reasons differ- Ne'er betrayed-
Ane frae the ither.

A thorn are ye, wi' gnawin' stang,
In kirkmen's sides, an' ilka pang
Gars them forget whaurin they're wrang,
Revilin' ye,
For ye could sing fu' mony a sang
O' poverty.

Ye ken when pious men are stung.
But can ye tell, wi' guileless tongue,
When ye're received, or when ye're wrung
Frae human hands?
In reverence placed, or in hauteur flung
To Christian funds?

My hasty words I fain reca',

Yer character's without a flaw,
Let worthy kirkmen rant awa',
Wi' tongues like sabres,
Ae thing I mourn, the warst ava,
Yer lack o' neebours!

Ye're restin' in the horny hand
O' ane that's unco prood to stand
In that leal-he'rted, honest band
O' toilin' men.
Sae in yer cause I wield the grand
An' michty pen.

But coinie wee, though ye I prize,
I grieve anent yer jimpit size;
Ye sever a' oor best o' ties
When jink ye through
My torn pooch, an' dinner's joys
I canna woo.

THE AULD MAN AND THE LEAF

Wee withered leafie, frush an' broon,
I hear ye saftly rustlin' doon,
An', uichterin' frae yon branch aboon,
Ye kiss my cheek;
Syne in the breeze ye dance aroon,
An' frae me wheek.

I've seen ye fa', wee herald sere
O' comin' winter, cauld an' drear;
I wat ye were'na wae or sweer
Yer twig to lea',
For lanesome, ye're the last to steer

Frae this auld tree.

Twice forty times I've seen the bud
Sprout frae this monarch o' the wudd,
Aft hae I seen the broon leaves scud
In snell wind's track,
Aft watched the lowerin', snawy clud
Aboon it brack.

Like ye, wee leaf, I'm sere an' hoary,
As noo I hirple yont the corrie,
But frae your end I read a story-
Your life's been brief,
Yet fu' o' sunshine, peace, an' glory.
Wee dowie leaf.

When green an' caller comes the spring
In this auld tree the birds will sing,
But will they to my auld he'rt bring
Joy aince again?
Like ye to life I may na' cling
E'en though I'd fain.

A BODY'S NEVER SHAIR

Gaun roon' within yer sphere, my lad,
Tak' wi' ye this advice,
Whan questions ye're to speir, my lad,
Tak' time an' ponder twice.
If some ane's pedigree ye seek
Frae oot yer barber's chair,
First roon' yer wide-spread "Journal" keek -
A body's never shair.

Afore yer words mak' twenty, lad,
At fair or cricket grun',
Fin' oot wha's there ahint ye, lad,
Wha's faither or wha's son;
An' ere ye start a rigmarole
In club or car tak' care,
Yer fuit may fill an awkward hole -
A body's never shair.

Whan wind blaws a' it can, my lad,
An tak's the cover aff
The heid o' some auld man, my lad,
Don't grin or loodly laugh.
Yer rich grand-uncle he may be
Aseekin' ye -- his heir;
If sae, ye'll wail in dolefu' key -
"A body's never shair!"

FLEE AT MIDDLE HEICHT

"Flee laich, flee lang", we like to tell
Oor neebors that it's true;
But reader, dinna fash yersel,
I'll no say that to you.
But whan things aren'a what they seem,
To man's deluded sicht
When dangers lie in each extreme,
Jist flee at middle heicht.

Some try to soar wi' clippit wing,
'Gainst gravitation's laws;
Some think short cuts the proper thing,
And flee as flee the craws.

But when ye've mounted high enough
An' though the sky be bricht,
Jist stop before ye're "oot o' puff"
An' flee at middle heicht.

Wings aft are silver, some are gowd
But mony mair are paste,
An' a' are clapped wi' clamour loud
An' feverish is their haste.
Ye've far to fa' when soarin high
While dangers dog yer flicht;
Whan fleein' low sae mind an' try,
To flee at middle heicht.

An obstacle may crack yer croon,
An' bring ye to the grun';
Then they wha strike a fae whan doon,
May end yer earthly fun.
Sae, freen', if ye're to flee at a'
Tak' tent (an' mind I'm richt!)
If daur ye flee as flees the craw,
Then flee at middle heicht.

THE MAN IN HIS AIN WEE WARL'

Mony sangs hae been sung o' the popular man,
O' the hamlet, the toon, an' the city,
An' he's often a credit an' joy to the lan'
For he's clever an' kind an' witty.
But frae under a bushel aft glimmers the licht
O' an equally worthy carl,
Wha, obscure but content, finds a tranquil delicht
In the joys o' his ain wee warl'.

Wi' a confidence rare, on ilk finger an' thoom,

He can tick aff a freen' well tested
The man in his ain wee warl'.
Wha wad staun by his side tho' his pooches were toom,
An' his buits in his "Uncle's" rested.
Chuckles he- "Gin my freens are as few as they're plain,
There are less, then, wi' me to quarrel."
An' but few are the snobs that jink up a side lane
Frae the man in his ain wee warl'.

Honour's due to the man that is humble but gran'
Though unpolished an' rough his external;
He can smile at the light-beguiled moths o' the lan'
Ower the tap o' his guid auld "Journal."
Learned Christians, pause in yer battle o' creeds
An' but list to the Christmas carol
O' the humble wee choir, whilk simplicity leads,
Roon' the man in his ain wee warl'.

THE SIMPLE FAITH

(On hearing religious people debating on "The Hereafter.")

Vain the question! How elusive
(Think e'en deep and learned minds);
Is the answer true, conclusive,
While we list to varying kinds.

From the eyes of school and college,
Peering 'neath the science torch,
Wisely hidden is the knowledge-
Wisely, even from priest and Church.

Strong minds are the theoretic-
Oh! that cold and heedless hearts
Were but half so energetic
In the Do-a-kindness arts.

Human minds are steeped in wonder,
Puzzling o'er what Hell may be,
Whilst lone hearts that drift asunder
Long for human sympathy.

Aspect rigid, sanctimonious,
Studied grace, and even tone,
Classic wording, rich, euphonious,
Are but puny things alone.

Would you cease to feel the meaning
Of that word four letters spell?
"Do unto others" - and, in cleaning
Mind and conscience, it dispel.

Some from sin to sin are swinging,
Trusting to convenient creeds;
To the Simple Faith are clinging
Those who trust the Hand that leads.

THE WAB O' LIFE

(Dr. Carnegie, in a letter to Dunfermline's old weavers, says:- "In one sense we are all weavers........Our webs are all nearing completion, not one of them without a filter, yet none with so many as will condemn the weaver to live in a world less beautiful than the one in which we are permitted to dwell." These words suggested a theme for the following verses, set to the

rythmic music of the old handloom, one of which the author heard at work every day.)

Weavers a', we maun be strivin'
While the shuttle we are drivin',
A he'rt, a soul, a body, forms the loom;
Wae's me! mony wabs are toozie
Neath the sun- oor ancient crusie;
An' the blue sky ruifs oor auld, auld weavin' room.

The shuttle maun be scuddin',
An' the lay maun aye be thuddin',
An' oor traddles gaun wi' regular accord;
For oor wab we maun be weavin',
If oor aim we'd be achievin'-
In oor souls contented memories to hoard.

Gin oor he'rts are sune forfairn
Ower a fashfu' ell o' yairn,
'Twill sune become o' tow a "weary pun' ";
Still, the truest coorse is given
To the shuttle richtly driven,
An' the gods send thread to ilka wab begun."

Though oor wab o' life be humble,
Let's drive on withoot a grumble;
To the hand that's made the silken wab to weave,
Silken threads the gods supply;
Linen waft to you and I,
An' the Master kens the thread that a' receive.

TEN MEENUTES UP YER SLEEVE

I'll tell ye o' a treasure, freens,
That few can ca' their ain
In business or in pleasure, freens,
In sunshine or in rain.
When for yer labour, train, or ship
Yer hame ye hae to leave,
Tak' tent o' time an' gently slip
Ten meenutes up yer sleeve.

If aiblins yer ambition's great,
Ten years o' rainy days
Can hide aneath yer sleeve till fate
Should say- "Man, tak' yer ease."
Years grow frae meenutes unco quick;
Ye'll hae nae cause to grieve
Gin ilka day ye deftly flick
Ten meenutes up yer sleeve.

In winter time ye slip an' fa'
Whan rinnin' for a car;
Ere ye can rise it jinks awa'
To misty distance far,
While waitin' for the next ye sneeze
An' cough, till ye believe
It's a' because ye didna squeeze
Ten meenutes up yer sleeve.

Whan battlin' on against a gale
Yer hat gangs wi' the breeze;
Ye dodge, an' jink, an' loup, but fail
To catch it 'tween yer knees.

A rimless hat is yours, alas!
The train, ye then perceive
Is gane, for ye hae failed to pass
Ten meenutes up yer sleeve.

REFORMATION IN THE HOOSE O' GOW

"My lane, forleetit he'rt is sair,
I'm greenin' for a lass to share
My ingleside, but losh, I'm laithfu'
An' fleyed to speir gin she'd be faithfu'
To ane that's no a perfec' craiter;
But plain an' honest, whilk is greater."
Thus spak' a chield named Donald Gow,
A feckfu', weel-faured lad, I trow.
An fegs, the lass, withoot a dridder,
Kept hauds o' sic a worthy bidder;
An' ticht thegither they were jyned,
An' so in dool no langer dwined.
Weel, by Dame Natur's gude decree,
There cam' to them a younker wee,
Syne auld Don. had a weird to dree,
For didna young Don. bear the gree?
Baith nicht an' day she'd coo an' cluck
An' daut wee Don., an' lea pat luck
To her gudeman, an' what was mair,
Geyan aft the "luck" was unco puir.
An' he, though things bedene gat waur,
To peenge an' yammer didna daur,
But aye complowsibly he tholed,
An' his wee steeriefykes controlled;
A bannock, bap, or whang o' gowdy
He syndit doon wi' tea or crowdy.

The comfort o' a man forfairn
Was dung to drottlans by a bairn.
Fu' sune frae sic a tentless mate
Puir Don. boost tak' anither gait,
An' in the alehoose he grew pack
Wi' chields wha nichtly drink an' crack -
Aiblins their croons ere they get hame
(Ne'er worth the caunel's siccan game).
Noo, she belyve begood to wunner
Gin Donald had'na taen a scunner
At some wanchancie word camsteerie
Or capernoitet whigmaleerie
That she'd wi' tentless wittens mootit
Withoot ere takin' thocht aboot it.
Bethochtit sair an' fashed gat she,
"This nicht," she weened, "he'll aiblins be,
Himsel' hamshacklin' wi' a wheen
O' reivin' vaigs. Waesucks! I ween,
A waefu' weird has garred me tyne
The luve that aince he vowed was mine."
She, actin' on a freen's advice
(Whilk's seldom taen at ony price),
Made dink an' trig her cockernony,
An' donned the blouse he aince ca'ed bonny,
Syne laid his carpet shoon fornent
The gleid that couthily did glent.
An' he that e'enin' gat a glisk
O' a wife inclined to daut an' frisk,
An' gaither roon him a' the denty
Niff-naffs he liked; wow! she was tenty.
O' her he sidelins took a vissie,
An' thocht, "Is this the tentless hizzy
That garred me gang ilk nicht a-rovin',
Anither gait my pipe a-tovin'?"

That nicht he weired wi' purpose siccar,
He ne'er again wad bend-the-bicker.
The ingle-lowe blinked crouse an' leesome,
The wean's gulravage e'en was gleesome,
Toddlin', stoiterin' ower the hearth,
On Daddy's knee crawin' lood wi' mirth.
No langer lanesome an' forfairn,
Belyve he sleeps aside the bairn,
Ae lairge an' makly finger graspit
By five wee pink anes, fondly claspit.
Noo, Donald Gow, a canty carl,
Sings, "Leeze me on my ain wee warl'."

*(Gudewives, sic corrie neuchins couthy,
Can slaken kraigs that whyles are droothy.)*

WATTY'S LINTIE

The tither mornin' Watty Ross,
A leal an' couthy freen',
Arose and wraxed his haun' across
His pairtly steekit een.
Belyve he muttered, half bambaized -
"My conscience! sic a dream!
Nae veesion by a warlock raised
Sae veevely e'er did leme."

"A cage athort the winnock hung,
An' there a lintie wee,
Wi' pechin', flichterin' breastie sprung,
As if fain wad he flee.
A wilyart glint was in his een,
For, by a' Nature's laws,

His fleyed wee he'rt did sairly green
To break his prison wa's.

"This sicht deep dool to my he'rt brings,
Though yestreen I did laugh;
Gae wrax yer wee wanrestfu' wings,
Wee bird, flee aff, flee aff!
For saxteen oors ye've been immured,
But certes! ne'er again
Will Wattie Ross be sic a coo'ard
To gie a lintie pain.

"I dreamt I was a sangster sma' -
A lintie blythe an' gleg -
A-fleein' roon' the birkenshaw
An' happin' ower the rig.
A howdert snare wupp't roon my legs,
An' syne a tyrant chield -
A muckle man wi' whiskers, fegs! -
Forbaud me wudd an' field.

"Sune in a cage I loupit, an' dashed
Agin' the spars my heid;
Nae lintie e'er sae sairly fashed
For freedom sae to plead.
The sun aft creepit to the wast
An' left me still confined,
An' as the taiglin' oors gaed past
I cooried, peenged, an' dwined.

"The big man ettled me to wyle
To warble forth a sang,
But ne'er had siccan airts or guile
Plucked frae my he'rt the stang.

I saw the mavis skim the knowe,
I saw the jinkin' wren,
I watched the pee-wit in the howe,
The whaup swerve thro' the glen.

"I spied yont in the corrie deep
My brither lintie's flock,
I heard a robin chirp 'Tee-wheep,'
As if my wae to mock.
I grew sae dowie, mair an' mair,
My wee he'rt greened to dee;
I ne'er jalloosed that linties e'er
Had sic a weird to dree."

A MOTHER'S PRAYER

Her head droops o'er the cradle, her lullabies are sung,
Closed are the infant's eyelids and still his lisping tongue,
The mother's lips are moving in earnest, fervent prayer:-
"Oh, God, my boy's life-pathway make pleasant, soft, and fair,
I pray he be not fated on treacherous ways to roam;
Oh, let him be a stranger to all but God and home.
Hypocrisy and jealousy, injustice everywhere-
God, stay the steps of innocence when nigh the hidden snare.
The world is full of falsehood that flies on fleetest wing,
There's cunning in its movements, vile poison in its sting
The gossip of the morning is scandal grey at noon,
Black slander in the evening, then cruel lies are strewn
In street and lane and alley, and reach too-ready ears,
While somewhere fall in silence a victim's bitter tears.
Forbid that my dear laddies, so innocent and sweet,
Should ever share dishonour and be chained by mean deceit
With reckless fellow-mortals, who break all laws of man,

And scoff at Thy commandments, and welcome Satan's plan.
And may his common knowledge be always undefiled,
Expressing no profanity so wicked, weird, and wild
As that which from unmanly lips come forth at every hour
In cold, blaspheming mockery of Thy Almighty Power.
Oh, may he be a manly man, unselfish, true, and brave,
Unwilling to despise the fool or to condemn the knave,
But eager always to advise, to lead, and to protect
The brother-man whose precious life is likely to be wrecked.
God, stay his steps of innocence when nigh the hidden snare
And hear a widow's earnest wish, a mother's anxious prayer."

THE BUITS

The buit o' the miner, wi' tackety sole,
A' clartit an' clagged wi' the silt o' the coal,
Tho' damp, dun an' sheenless, yet trusty an' tough,
'Twas strong like the step o' young Donald MacDuff.
Fornent it the buit o' a penman genteel,
Wi' a glitter and glent frae the tae to the heel,
Weel-faured and adorned wi' graces enough
To smarten the steps o' young Andy MacDuff.

Noo, Andy, 'twas said, had inflated his pride,
And lent it a bias that Donald named "side";
Don's friends were "his cronies", young Andy's "his set",
They wadna weel mix, and so seldom they met.
And the buits in their neuk sune were ettlin' to state
Opinions and notions in freen'ly debate.

DONALD'S-
Hark ye, freen', we winna swither
In oor tilts at ane anither,

While we're cheek-by-jowl thegither;
I maun say,
Righteous wrath wad I be ventin'
Were your airs worth my resentin',
For I'm shair wi' scorn you're glentin'.
Trowth, ye may
Think my rash and ready venture
To discuss the facts anent your
Life and mine will but prevent your
Feelin' gay.

ANDY'S-
Ha! I say, you know, we're rather
Classed apart, each from the other,
Though we're worn each by a brother.
You must own
That you're noisy, rough, and rusty,
If quite honest, stout, and trusty;
But, I say, you're deuced dusty,
And so prone
To proclaim a pride that's hateful
And a power that makes me fretful,
While you show a most regretful
Lack of tone.

DONALD'S-
Noo, ye spout your views, my dandy,
Thro' the neck o' brither Andy,
Wha's a clever chield and handy
Wi' the pen
At the bank amongst the money,
Whaur like bees amongst the honey,
They fill hives amongst the sunny
Haunts o' men.

Andy's pen has powers amazin',
Mighty, magic, money-raisin';
Donald's pick maun end its days in
Howkin' ben.
At the ingles fowk in pleasure
Weigh the worth and mark the measure
O' the man wha howks the treasure
That they ken.

ANDY'S-
Though my Andy's smart and clever,
Coal from earth he cannot sever,
But he knows that cash is ever
Moving round,
Giving pleasure at each turning,
Where the treasure none is spurning;
Holes in pockets 'tis now burning,
I'll be bound!
Though some people may be faring
Worse than others in the sharing;
All have had a share in bearing
Up the pound!
So I shine while Andy swaggers,
And I'll shine e'en when he staggers
At the words of all tongue-waggers
Making sound.

There's a hush in the air, but a sob and a cheer
Are minglin' noo at the pithead near;
Wordless and still are the women who wait,
White wi' the dread that nae word can abate.
Wide in chilled wonder the eyes o' the weans
Guessin' and fearin' what nae tongue explains.

Haggard and grim are the men wha maun strive
To rescue a mate and a comrade alive.

Again in their neuk the buits ettle to state
Opinions and notions in freen'ly debate,
But changed is young Andy's, a' shauchled and rent,
Shapeless and limp, broken, battered, and bent.
Gane are its sheen and its elegance fine,
Splairged wi' the dross and the mud o' the mine.

ANDY'S-
Ha! my pride has not abated,
Ne'er was pride so elevated,
But 'tis solid, not inflated,
I submit.
With the cry of danger, winging
Came young Andy, pushing, flinging
Through the crowd, where hands were wringing,
Round the pit.
To the rescue party leaping,
Searching where the fall was heaping,
Where the stealthy gas was creeping,
Death with it!
Torn I am, disgraceful seeming.
Yes, but proud beyond my dreaming -
Prouder far than when a gleaming
Thing of grace.
Ah! that rescue party's daring,
Selfless thought, courageous bearing,
Made me glad of humbly sharing
Hour and place.

DONALD'S-
Keep your pride, 'tis fitting rival

To my ain, that finds revival
Through a glorious truth's arrival
In my mind,
That true men will cling thegither,
Heart to heart wi' ane anither,
Till the ivies wilt and wither
And unbind.
Commonsense is freen'ship's carrier,
Finest statesman, wisest warrior,
And it proves a snob-made barrier
But a blind.
Tattered freen', I like your mettle -
I'm no in pert, sarcastic fettle;
Freen'ship ne'er wad I unsettle
In the tyin'
I can view you in perspective,
And suppress the mood corrective,
Since men's instincts are collective
While they're vyin'
'Gainst the common danger lurkin'
Whaur nae social state needs markin',
And for human lives they're workin',
Aye, and dyin'.

THE DEIL AND MODERN TIMES

A Burns Nicht Dialogue

The Deil, in impish mood for probin'
The modern world, wad gang hob-nobbin'
Wi' partisans o' Rantin' Robin,
That nicht o' glory,
When honest he'rts wi' pride were throbbin'
Ower Robin's story.

When festal nicht had gane, John Watt,
Deep in the sma' oors musin' sat,
Then nodded ower the ingle-mat
Wi' gusty snore,
Till cam' the Deil like flicht o' bat
Athwart the door.

Deil- Ye dream o' Burns, John; ken ye weel,
He made my rocky cavern reel,
He daured to spurn me wi' the heel
O' satire keen!
The same auld grim, unconquered deil
I've ne'er since been.

John- Tak' tent, Rab's he'rt was staunch an' sturdy,
An' tender aye to beast an' birdy;
He clouted weel your rumpled hurdy,
An' a' its vermin;
He thrashed ye mair than ony wordy
An' stodgy sermon.

Deil- Richt prood was I to thole his nashin',
Though saft my hide frae sic a lashin';

He kept my busy bairns whitewashin'
The blemished parts;
But thrivin', still I lead the fashion
In sneck-drawin' arts!

John- E'en yet, 'neath cloak o' fine pretence,
Your ain flapdoodler sidles hence,
To voice culled words o' reverence
Towards the Bard.
"For pride o' worth an' pith o' sense"
He claims regard.

Ye boast weel, Nick, wi' glee ye study
That crafty bairn, a soul-less buddy,
But dool awaits the cheat-the-wuddy
That tak's your cue,
For noo his cloak is worn an' duddy,
An' mair seen through.

Deil- For wily weans nae praise I claim,
But deil an' a', I tak' nae blame
For human failin's- I could name
A rival pack,
An' deeper than my den their hame,
Wi' blight mair black!

John- You're brazen, but your kingdom's dwinin'-
An' swackly be the underminin'-
The Prophets noo are underlinin'
Your bleak dethronement.
An' faith! your bairns are a'maist pinin'
For your atonement!

The world's hame-fires are cracklin' weel

'Neath Broth o' Brotherhood, a meal
Lang due frae days o' flint an' steel,
But still, to trouble it,
Your satellites, wi' wanton heel,
Wad coup the goblet.

At peace-time picnic they wad ettle
To douse the fire an' cowp the kettle;
They'd cowp Rab's pupils in a nettle,
Sair stung an' tinglin';
Ower peace-time scenes they fain wad settle,
Like war-clouds minglin'.

The war-hound's red-fanged rage is past,
The chains o' war frae hamelands cast,
But while your servant's might is vast,
His poo'ers abundant,
In special office, Nick, you're last
To be redundant!

Deil- Ye quell my pride, the pangs need soothin',
My bristlin' birse nae hand is smoothin',
I slaver like a weanie toothin',
An' girnin' ower't;
But nae excuse wad I be moothin'
Like coof or coward.

Rab's Holy Wills, whene'er they're breekit,
Still oil their tongues in words sae sleekit,
I rax my mooth, I canna steek it
For laughin' lood;
"Shall brithers be"-- to hear them speak it,
Mak's me sae prood!

John- Your laugh, Nick, has a hellish edge,
Mark you! Rab's words were God's ain pledge!
World Brotherhood will form a wedge
Your poo'er to split,
An' blast you frae the rocky ledge
O' your grim pit.

To creep awa', ye irksome chiel,
Your ghoulish grin wad spoil a meal;
'Twad tak' a sea o' suds to sweel
Your hoof-prints aff
A peacefu' earth; then ca' to heel
Your weird riff-raff.

Deil- Weel, John, into the human breast
I gang a-snoolin' deep in quest
O' soul that vaunts o' daily zest
For cant an' thievin';
Gin oot I'm flung as plague an' pest,
Weel Dune the Heavin'!!

Then, laughin' grimly at his jest,
The Deil went reivin'.

. . . .

John loup't, ramfaizled, frae his chair,
An' clawed his rusty, toozled hair;
Quoth he- "I'll swear- I maun declare-
In this upheaval,
I dreamed o' Burns- I think- I'm shair-
We whipped the Deevil!"

THE DEIL'S ADDRESS TO SHADE O' RABBIE BURNS

Hey! Rabbie Burns, I mind richt weel,
Ye garred my steeve auld conscience reel
By daurin' to spurn me wi' the heel
    O' satire keen.
The same auld black a'-poorfu' deil
    I've ne'er since been.

But yet I sneer at a' decorum,
An' set my wits against a quorum,
Or spin a lee'in whigmigmorum,
    An' things sic like
An' gar some birkies quaff a jorum
    To droon their fike.

Feth, Rab, when ye were in the mood,
In awe o' ye I often stood;
Ye named my bairns in accents lood-
    Gleg cheat-the-wuddies!
Ye skelpit sair my heich an' prood
    Sel'-glorious buddies.

Some o' yer words I maun applaud;
An' ye did richtly skelp an' daud-
Thae Holy Wullies e'en wad gaud
    Ten deils to fury!
When pack wi' deils it's creengin' fraud
    In kirks to coorie.

My eldritch quaik aince garred ye groo,

An' heezed yer hair abune yer broo,
When on my whistlin' wings I flew
    That nicht sae stormy.
Fegs, Rab, no mony mortals noo
    Flee fast afore me!

Noo, Rab, anent yer gude advice
To mend my ways; e'en in a trice
Wad I dae that, but mair than twice
    A thoosand times
My bairns wad buy, at ony price,
    My plans for crimes!

Nae smouty pit or gousty den
Hae I for bairns o' Nickie Ben,
Or sair wad I be needin' then
    A clever servant,
For, Rab, 'twad be gey ill tae ken
    Wha's maist deservin' 't!

THE TOOTHACHE'S ADDRESS TO SHADE O' RABBIE BURNS

Hail! Rantin' Rab, my callant braw;
Mind ye the nicht ye nursed yer jaw,
An' cursed my venomed stang an' gnaw
        While slavers trickled
Adoon yer beard an' giglets sma'
        In raptures keckled?

Sin' fields ye plooed frae hedge to dike
I've stung like wasps frae scattered bike,

An' gloated ower men's fash an' fike,
Their loup an' squirm,
Till a'maist they've wriggled like
A fisher's worm.

Ere bairnies noo are weel begun
On stowtin', toddlin' legs to run,
In earnest then an' no in fun
I garr them greet
Till they hae doots whilk's on the grun'--
Their heids or feet.

An' dentist birkies-- chiels to dreid
(Ere heard ye Rab, o' sic a breed?)-
To earthly pain they mak' man deid
For seconds ten,
Then yerk the teeth frae oot his heid
Ere he can ken.

I'm still by craven mortals feared
As much as ony spectre weird
That ever gibbered, graned, or leered
'Fore human sicht;
I gar my victim haud his beard
A' oors o' nicht.

Sae, Rab, my chiel', gae plume yersel',
For truth to men ye aince did tell;
'Mangst a' the ills that ere befell
Puir flesh an' bane,
The nearest kin to loosened hell
I still remain.

TO FREEDOM BORN

When Scotsmen's bluid the heather dyed,
And mingled 'mangst the foe's,
An' Scots the despots beck defied,
The flag o' freedom rose.
Ye sons o' toil that haud the ploo',
An' reap the yella' corn,
Mak' siccar noo the word o' moo'-
To freedom ye were born.

Is land that's trod by freemen's shune,
Owned by a lordly few
Wha may for Scotia's weal hae dune,
A hantle less than you?
While sportin' lord an' huntin' Duke
May live for pleasures ends,
The land to which for bread they look
On toilers still depends.

Back to the land, the heath an' howe,
Beside the sparklin' rill,
Ere bread or meal is made we trow,
The land is first to till.
Awake then, Scotia's sons o' toil
That from her hills are torn,
Grip hard the ploo' that tills the soil,
To freedom ye were born.

NEWBURGH - THE GARDEN O' FIFE

The white reek curls aboon the trees
Frae cosy, sheltered cots,
The floo'ers sway gently in the breeze
On green an' fertile plots.
The ripenin' fruit fa's 'mangst the grass
Whaur shines the early dew;
'Twas here a bonnie, winsome lass
Langsyne I cam' to woo.

Chorus-
'Tis a sweet little toon by the ripplin' Tay
'Neath the dark, frownin' craig an' the stey, whinny brae;
Let me haste from the city, the din an' the strife
To a wee shady nook in the Garden o' Fife.

The silvery river's windin' still,
The tide is creepin' in,
The burn is bickerin' frae the hill,
An' tumblin' ower the linn.
The reeds still whisper as they sway
Beside the burnie's moo',
The water still glides to the Tay,
Whaur aince I cam' to woo.

THE LANG TOON O' KIRKCALDY

Baith North an' sooth, a wheen queer airts
An' kittle peths I've traiveled,
An' tint my gait in fremit pairts,
Wi' wits agley an' raiveled,
But, true's my name's Meg Hantlefyke,
As shair's I'm no a laddie,
I ne'er was in a toon jist like
The lang toon o' Kirkcaldy.

The cars rin fast, baith east an' west,
But whiles no whaur ye want them;
An' some frae Wemyss gang jinkin' past-
Some folk wad fain "transplant" them.
Ye maun ride on the cars- if no',
As flet's a kippered haddie
They'll birse ye 'gainst the hooses o'
The lang toon o' Kirkcaldy.

O' future docks the lang toon's prood,
But ettle ye tae moot it,
An' sune ye'll hear a whisper lood-
"They're michty lang aboot it!"
Langtonian speech can fairly ding
The Cockney, Jew, an' Paddy;
They fushenless furreners canna sing
The lang tune o' "Kirkcaldy."

As yont the streets I tried tae gang,
Wi' jaumin', dirlin', duntin',
The crood propelled themsel's alang
Like cattle trucks a-shuntin',

When fairly w'und up in a wynd,
As shair's oor Jock's a laddie,
I couldna loss nor could I find
The lang toon o' Kirkcaldy.

Gin ye'd herk na tae floo'ery speech,
An' aiblins catch a Tairter,
Tak'tent, keep far ayont yer reach
An angry Gall'toon cairter.
Wad ye hae fluircluith roon' yer hearth,
Linoleum bricht an' gaudy?
Nae man or loon can say there's dearth
O' that yont in Kirkcaldy!

MR. CHURCHILL'S VISIT TO BALLOMILL

Chields frae the east, chields frae the wast,
An' Fife lads, neither least nor last!
For mony weeks an' fortnichts past
Hae nursed a will,
An' wish their shadows bold to cast
At Ballomill.

Young birkies fresh, auld billies hoary;
The Liberal strong, an' dweeble Tory-
The last in fear, the first in glory,
But in gude order,
Flocked to the toon ayont the corrie,
On Perthshire's border.

Fat men an' lean, big men an' wee,
As brithers in the wide marquee,
A' ettled sair to hear an' see
        Winston the winsome
"Win some" heich laurels- sae did he
        Wi' plaudits dinsome.

An' on that quate, auld grassy knowe
The foeman an' the freends, I trow,
Instinctively bared ilka pow
        When he appeared;
Kindlin' enthusiasm's lowe
        As lood they cheered.

To words o' truth, baith strong an' straucht,
An' shafts o' wit like heaven's fire-flaucht,
They listened closely, keen to claucht
        Ilk point weel-hammered;
At wisdom cheered; at humour lauched;
        An' never yammered.

The Lords will hae, ane wad apprise us,
The last word in the comin' crisis;
But boldly Churchill wad advise us
        "To let it be
E'en their last word." whilk's just concise as
        "E'en let them dee!"

"The best laid schemes o' mice an' men
Gang aft agley" - at times, ye ken-
Nae "birkie ca'ed a Lord" will sen'
        Oor Budget wrang,
Or he maun thole frae wud wasps then

A fatal stang.

Some fashfu' buddies wad explain
In metaphor that in the main
Ae step into the Socialist train
Is this great Budget,
An' speir if wrang gaits it has ta'en,
Hoo wad we judge it?
(What if the richt? we'd speir again,
An' wha'd then grudge it?)

Three cheers for Churchill's feckfu' pith,
An' Lloyd George, foe to ilka myth;
A herty roon' for G.K. Smith,
O' Ballomill;
He uses heid an' hert, I feth!
Wi' best o' will.

HONEST CADZOW

Air- "The Standard on the Braes o' Mar."

There is a lad, kent unco weel
By Scottish men an' lads, O.
Wi' he'rty pith an' honest zeal
He weilds the poo'er he hauds, O.
Come, brither men, nae swither, men,
Be steady men an' ready men,
Stand hand to hand an' claim the land-
Three cheers for honest Cadzow.

He bauldly vows that he wad lead
To victory sturdy squads, O:
Fairplay an' justice is the creed
An' motto he uphauds, O.
Come Tayside men an' Deeside men,
An' Tweedside men an' Clydeside men,
Let Scots demand auld Scotland's land,
An' follow honest Cadzow.

Gar Lords an' earls stay their beck,
They'll fley nae free-born lads, O;
To their rack-rentin' gi'e the check,
Tak'na their skelps an' dauds, O.
Come, men o' Fife, in prime o' life,
Divide the yirth frae Firth to Firth,
An' let your bairns roon' Scotland's cairns
Sing praise to ye an' Cadzow.

Ye wha in fear are deaf an' dumb,
Tak' frae your ears the wads, O.
An' ye whase lips fause lips benumb
Tear frae your moo's the pads, O.
An' let the tongue o' auld an' young
In freedom speak an' justice seek.
Let Lords be "dung" (alang wi' "Bung")
By ye an' honest Cadzow.

The deeds o' Bruce an' Wallace brave
The patriot applauds, O;
But thinks he that they bled to save
The land for a wheen "Lawds", O?
The grand o'erturn at Bannockburn
O' despot's poo'er proclaimed the 'oor
That chains nae mair wad Scotsmen wear-
Sae up an' follow Cadzow.

THE LEE'IN CALENDAR

Wis ever siccan mortal born
As my gudeman Rab Heatherborn?
This lee-lang day, frae early morn,
 Wi' strong harangues,
Into my ears he's been ootpourin'
 Auld Scotland's wrangs.

Yestreen frae Saunders Sugarhead,
A calendar I got, an' 'deed,
For brawer picter nane had need-
 'Twas Britain's King,
Weel mounted on a prancin' steed
 Nane else could ding.

"King Edward Seeventh", I proodly read,
While hangin't up abune the bed.
"The what. the seeventh o' what, is't said?"
 Fierce was the query.
"O naething. Losh, ye'd steer the dead
 Gin they could hear ye."

"O naething! imphm, that's the query
I hae been mootin' till I'm weary,
I' feth! 'twad mak' auld Scotland steery
 Wad she but think.
The string roon' her historic peerie
 Is in a kink.

"Whit is he in the scarlet coat?
He's King o' nae soon'-thinking Scot;
They say he's King o' a' the lot
 (Hoo Rab can roar),

As if Great Britain e'r had got
Sax Neds afore!

"He's King o' England, then an' noucht
Is that, gin ye'd but gie't a thoucht;
The title's gin it were boucht
O'truth sae shorn.
Was it for this that Scotsmen foucht
At Bannockburn?

"Will Scottish bairns some centuries hence
Mak' licht o' Bruce's brave defence
Or will they, in the name o' sense
Or Scottish gumption,
Speir wis this title boucht wi' pence
Or cheap presumption?"

Rab tore the picter clean asunder
Afore his tantrum I could hinder,
An' as he burnt it to a cinder,
Growled he -"The Seeventh!
As weel (an' here Rab kicked the fender),
Ca' him Eleeventh!"

TO CLACHARD CRAIG

with the ancient Pictish Fort on top.

Auld whinstane craig, ye darkly sulk,
While tynin' humplocks o' yer bulk,
As eydent quarriers grind and bore
Yer dour auld shoothers to the core.

A prood and stately pile, ye've faced
And through the troubled ages graced
The valley o' oor green-verged Tay,
Auld Clachard Craig, ye veteran grey.

Yer days are dwinin' in the steer
And "stoor" o' modern men's career,
As in a wheen o' years, we've seen
Torn frae her sonsy braes o' green,
Yer late lamented sister Mary,
Whose saintly name I wadna vary,
As folk hae changed St. Mary's Craig
To Mare's Craig-- sic an ill-placed naig.

Noo, archaeologists are fain
To scratch yer pate, and whiles their ain,
In tenty search for rusty weapon,
Or iron spoon that they micht step on,
Or hammered spear that killed the bear,
That gae the skin for hunter's wear,
And made replacement o' the leaf,
That in the summer wad be brief.

At antern times, auld man o' rock,
The quarrier's blast sends sic a shock,
That, rollin' and reverberatin',
Is like, folk say, the growls o' Satan!
A hunner years and mair hae gane
Sin' frae yer side men blasted stane
For railway's pass, but noo, trade's need,
And Clachard Craig the shippin' speed.

Lofty cliff, for lang ye beguiled
And challenged the lads, care-free and wild,

But aft yer grim broos seemed to froon,
When up the Tod's Road-- sometimes doon--
We sclimmed the rock-face to the tap,
To reach the Ancient Fort's green lap,
And frolic on the springy sod,
Whaur prehistoric warriors trod.

ADDRESS TO LINDORES ABBEY

It is said that Wallace and his men rested in Lindores Abbey after defeating the English at Blackearnside, on the hills above.

Ye crumblin', ivy mantled wa's,
Had ye the poo'er
To form aince mair the ancient ha's
An' sturdy too'er
Could they be filled by martial ca's;
Wi' Scots wha scorned Edward's laws
An' made the boldest foemen pause
In days of yore.
Ah! could I such a strange scene cause
For a'e short oor.

Oh! 'twad be glorious, 'twad be grand,
For patriots
To view brave Wallace an' his band
O' fearless Scots
Mairch doon frae whaur they made a stand
To meet the tyrant hand to hand,

An' wipe frae their doon-trodden land
The shamefu' blots
Made by envious nobles and
Their trait'rous plots.

To see the monks in hood an' cloak,
The garb of Peace,
A blessin' on the men invoke-
Men sworn "To cease
Ne'er till we die or Scotsmen choke
Frae aff the land the despot's yoke."
They kept the vow; at last they broke,
Wi' God's gude grace,
Their chains; an' proudly Scottish folk
Their victories trace.

But, ah! albeit frae Muse's stores
My dreams provide
Imagined views o' warlike corps
Frae Blackearnside,
Nae warriors tread thy green-clad floors;
Thy arches forming ivied bowers,
Stand desolate by Tay's quiet shores
An' silvery tide.
Still, oor auld Abbey o' Lindores
I view wi' pride.

THE AULD PEAR TREE

The "auld pear tree" in question is reputed to have been planted at Lindores Abbey more than five hundred years before this poem was written, in the nineteen twenties.

Cruelly by centuries' hurricanes rent,
Twisted an' torn, gnarled an' bent;
Whisperin' winds seem to croon a lament
'Mangst the branches that droop an' dee.
Aince a slim stem wis the sturdy auld trunk,
Spanned by the hand o' the "gardener monk";
Dynasties, Empires hae risen an' sunk
In the life o' the auld pear tree.

Wild swirlin' snaw-drifts lang, lang has it braved
Aft the auld road wi' its autumn leaves paved,
Bricht yella corn has for centuries waved
Roon' its trunk like a golden sea.
Warriors wha for their country hae bled,
Scots wham the Bruce an' the Wallace aft led,
Dark hooded monk wha beside it did tread
Were in youth wi' the auld pear tree.

Perched in its foliage birdies hae sung,
Snug in its he'rt hae their wee nesties hung,
Aft frae its twigs hae attempted their young
On their chubby wee wings to flee.
Onward, aye on, wi' a low happy thrill,
Gurglin' an' whimplin' towards the auld mill,
Wha kens hoo lang has the blythsome wee rill
Rippled doon past the auld pear tree?

Bairnies that ettled its branches to sclim,
Lads wha halloed frae the loftiest limb,
Veterans wha watched wi' their een growin' dim,
The weans in their innocent glee;
Mortals perched high on their pillars o' pride,
Vagrants engulfed in a treacherous tide,
Vanished are a' like the shadows that glide
Ilka mirk roon' the auld pear tree.

FRAE THE BRIG TO THE AULD PEAR TREE

(The Newburgh right-of-way)

Wi' an ootward keckle an' an inward froon,
The he'rtsome buddies o' the Tayside toon
Stepped oot to the strains o' a warlike tune,
An' a sang o' the brave an' free.
There were buirdly billies in the bauld array,
An' lasses shared the glory o' a bloodless fray,
Makin' siccar the defendin' o' the right-o'-way
Frae the brig to the auld pear tree.

An' doon gaed the fence, amid the risin' cheers -
'Twas the first fence there in a hundred years;
'Twill reeshie doon again when it next appears
By the brink o' the burnie wee.
There was neither ill deed nor a wild harangue
Tho' in ilka breast was a sair, sair, stang;
An' ne'er was the roadie by the burn sae thrang
'Twixt the brig an' the auld pear tree.

The wee, wee callant an' the auld, auld man,
An' bonny, laughin' lasses a' took pairt in the plan,
Jist to show that ony man wha put up sic a ban
Was dealin' wi' folk that were free.
An' the wish o' ilka body was to clearly state
The records o' oor freedom on a clean, clean slate,
For the roadie's been a roadie since an unkent date,
Frae the brig to the auld pear tree.

Tho' the skies be bonny or o' wintry grey,
We'll gang again the roadie to the banks o' Tay,
An' nane will daur to meet us wi' a thrawsome nay,
For to nane will we bend the knee.
We'll gang withoot a swither, an' we ne'er need slink,
An' ilka summer's memories we e'en may link,
When blithely sings the mavis by the burnie's brink,
'Twixt the brig an' the auld pear tree.

DADDY'S STEP AT E'EN

Day has gane, mirk's mantle grey
  Saftly ower the corrie fa's,
As the woodman wends his way
  Through the howmes an' birkenshaws.
Burnies bicker ower the linns,
  An' the linties sing fu' crouse,
Whaur the gowden-crested whins
  Bloom aroon' his thaikit hoose.
Keekin' thro' a winnock wee,
  Sees he there a firelicht scene,
Whaur his wife an' bairnies three
  Wait for daddy's step at e'en.

Dear wee sprittie, curly Andy,
  Sits there by the ingle-end,
Wi' his wee, fat, carrie-handie
  Ettlin' his lame naig to mend.
Tho' his bedtime noo is past,
  Bricht an' eydent is his mien;
Ower the flair he'll bicker fast
  When comes daddy's step at e'en.

There, wi' book on lap, sits Nell,
  Her dark, winsome e'en doon-bent;
Muckle words are ill to spell,
  An' her letters run asklent.
Ettlin' dourly, laith to speir,
  Yet her book maun drap, I ween,
When comes to her tenty ear
  Daddy's welcome step at e'en.

At the leesome ingle-side
  Sits a woman, fu' o' grace;

Blinkin' fire-lowes glent an' glide
  On her infant weanie's face.
And she croons a saft refrain
  O' her hame a happy queen,
She, while cuddlin' close her wean,
  Lists for daddy's step at e'en.

Stownlins frae the winnock wee,
  Daddy slips wi' joy alert,
Blythesome lichts leme in his e'e,
  Sweet emotion's in his he'rt.
To his arms loups bonny Nell,
  Toddlin' Andy's hugs are keen,
An' their mither's smile micht tell
  Hoo she lo'es that step at e'en.

THE BONNY BLINK

The gloamin' grey cowled ilka hill,
  An' lulled the dwinin' day,
The shaddocks saftly crept amang
  The cots that cuddled, pack an' thrang,
An' thrawarts on the brae.

The blink frae granny's ingle-lowe
  Winked on the winnock wee,
An' there, fu' leesome, blithe an' veeve,
  Bewitched the weanies when at eve
They toddled yont to see.

The weanies fremit, kent or kin,
  Around her knee did draw-
"Ye skellum, Tam! Wee mannie, Hugh!
  My dawty Jean! An' Nell, my doo,

I'm granny tae ye a'!"

Entranced were a' wha gathered there
    To keek wi' gladsome pride
Upon the youth-encircled hearth,
    Whaur granny blessed the guileless mirth
That cheered her ingleside.

The fire-flauchts haloed granny's hearth
    When heaven's licht was smoored,
An' aye the loupin' lowe besprent
    Its spritty beams that jinked asklent,
Whaur ferlies aft she lured.

She loo'ed her gleg an' bonnie blink
    Thro' mony a langsome while;
It lit wi' sparklin', winsome grace
    The lirks that crinkled in her face,
An' sanctified her smile.

Aye in her he'rt a couthy lowe
    There kindled bonnily,
An' sent, for ane an' a' to bless,
    A blink o' mirth an' kindliness
To dance in granny's e'e.

That blink would leme at antrin hour,
    When memory's dawn brak clear,
Then pliskies, ploys, an' witchin' lays
    O' lassockie-an'-laddie days
Frae buried store she'd steer.

The gloamin' grey cowls ilka hill,
    An' lulls the dwinin' day,

The shaddocks saftly creep amang
The cots that cuddle, pack an' thrang,
An' thrawarts on the brae.

But granny's winnock's dark an' drear;
Closed is her twinklin' e'e;
An' bonny is the blink that leads
Her spirit, bless'd thro' kindly deeds,
Whaur memories winna dee.

WILL DADDY NO COME BACK?

The voices o' the bairnies dear
Are hushed and strangely lack
Their wonted glee, an' aft they speer,
"Will daddy no come back?"

Nae tears bedim their mither's een,
Though anguish wrings her he'rt;
The han's that aye kept a' sae clean
Lie white an' noo inert.

"Oh, mither," said wee Rab, the wean,
"What mak's ye sae distressed?
If daddy's dead has he no' gane
To his weel-earned rest?"

Then frae her bosom heaves a sob,
She draws the wee lad near,
An' on the curls o' lispin' Rab
There fa's a scaldin' tear.

"Aye, Rab, 'tis true your daddy's dead;
His grave is in the sea.

Nae mair he'll earn the bairnies bread,
Nae mair ye'll climb his knee.

"May God repeat my laddie's cry,
'Weel earned is his rest',
An' teach me whaur my duties lie
An' that what is, is best."

We cheer when some brave soldier vies
Wi' foe an' honour earns,
While silently a father dies
While toilin' for his bairns.

Some o' their earthly riches vaunt,
An' humble spirit lack;
An' mony mourn 'midst woe an' want
Whaur daddy ne'er comes back.

THE SLEEPIN' WEAN

Nae couthy lowe blinks ower the hearth,
Nae leesome fireflauchts dance,
Nae bairnies play wi' hert-hale mirth
'Neath auld folks dautin' glance.
Nay, ashes cauld an' grey lie there
Abune a bare hearthstane,
An' on the stane reclines a puir
Wee sleeping wean.

His curls ower his broo in lang
An' rauchle tangles fa';
He sleeps in spite o' poortith's stang
An' hunger's cankered gnaw.
Forleetit 'mangst the wild carouse
Aroon' the bare hearthstane,

Belyve a drunken kick will rouse
The sleepin' wean.

The elbuck bare, the skilpit knee,
His drumly rags adorn;
A wean has waesome weird to dree
When to a drunkard born.
While man regrets, condones, opines,
An' gleg chiels preach in vain,
On mony a cauld hearthstane reclines
A sleepin' wean.

LITTLE NELL

Ilk tree in the clachan was laden wi' snaw,
The blast frae the norlan' was snell,
The drift was fast cleedin' the kirk an' the ha',
An' the wee thaiket cots in the dell.
The linnets in flocks pecked on ilka lee-ledge,
The rabbits ran yont by the birkenshaw's edge,
The blackbird piped shrill as it skimmed ower the hedge,
By the cottage whaur slept little Nell.

A wee robin flew frae the auld rowan tree,
That grew in the howe yont the lane.
The winnock he scanned wi' a bricht little e'e
Then flichtered an' tirled on the pane;
But nae little fingers were laid on the screen,
Nae curly-haired lass wi' the laughin' blue een
Dropped crumbs to the sill on that cauld winter e'en,
An' wee robin waited in vain.

He shuk his broon back in his fashfu' unrest,
An' as if ower his waes to lament,

He cooried his head on his bonny red breast,
But wi' unco gleg een he took tent
An' through the bleak howe soughed the witherin' blast,
Frae the drift-cludded norlan' the snaw whirled past,
But nae graun' repast to puir robin was cast,
An' his wee broon head lower was bent.

Then appeared a sad face, worn an' withered by years,
'Twas grannie, boo'ed low was her head,
Her aged lips quivered, frae her een welled the tears,
As in tones o' pent anguish she said:-
"Ah, robin, wee robin, the winnock ye've scanned,
For little Nell's face an' her tenty wee hand,
Yestreen a graun' feast for wee robin she planned,
But noo, my puir bairnie is dead."

The mirk slowly crept roon' ilk drift-cleeded knowe,
An' the snaw on its saft bed fell,
An' muffled an' low frae the kirk in the howe
Rung the tones o' a prayer-time bell.
An' wee robin tirled aince mair on the pane,
An' flichtered an' chirped ower the feast he did gain,
Frae the hand o' auld grannie, left childness an' lane
In the cottage whaur slept little Nell.

OOR WEE WEAN

Bairnies draw he'rts nearer;
We hae noo but ane.
That mak's a' the dearer
Oor wee creepin' wean.

Dear wee sprittie laddie,

On his han's an' knees,
Bickerin' to his daddie,
Clachtin' a' he sees.

Ower the flair he sprauchles
Crawin' ower his toys.
Eased are oor bit trauchles
By oor weanie's joys.

Whyles when in his cradle
Sleep he winna' hae;
He maun up an' daidle,
Craw an' screich an' play.

Aft exclaims his mither,
"Twa wee buits has he;
Losh, noo, whaur's the tither,
For but ane I see".

She maun aye be tenty,
For the birkie wee
Can dae mischief plenty,
Crawin' lood wi' glee.

Joy and dool may mingle;
Happiness maun reign
Whaur aroon' the ingle
Creeps a wee bit wean.

BRITHER JIMMY'S UNIFORM

Big brither Jimmy's hame at last,
He'll gang tae fecht nae mair,
His uniform clean aff he cast,

An' left upon the flair.
In pride an' glee I donned the claes,
Wi' mony a hitch an' heave;
My mither sorted oot my taes,
An' tucked up ilka sleeve.

I route-mairched proodly thro' the hoose,
My mither smiled a wee,
But while I pranked an' laughed sae croose
A mist cam' to her e'e.
Her dreams had wandered aince again
To hefty brither Hugh,
Or maybe dark-e'ed brither Len-
She says they're happy noo.

Or did she mind o' ither days
When Hugh was hame on leave,
When he had smoored me in his claes,
An' she tucked ilka sleeve?
My martial step began to lag,
I checked my gallant pace,
I set my lips an' Dipped the flag,
An' watched my mither's face.

She raised her head, her e'en were dim,
But nae mair did she greet,
She sang that bonny, cheerfu' hymn
That tells hoo "We shall meet."
I sang oot weel by mither's side,
An' shammed I didna' grieve,
But a wee bit tear that wadna bide
I wiped wi' Jimmy's sleeve.

MY WIFE AND HER "AIRS"

My wife can't sing, not a single note knows she,
She goes flat in simple melodies like "tra-la-lee";
Her airs somehow get mixed, and her notes all jumble up
In a tumbling twisting medley - quite a storm in a cup.

No, my wife can't sing, but I've never stuffed my ears,
Though her hubby I have been for over two whole years;
And I've never yet regretted that the Fates did bring
To me a wife that cannot very accurately sing.

And it's all because I've learned that her heart is true,
And that love is always shining in her eyes of blue.
Her smile's a dream of happiness, her laughter is a song
That never held a note that sounded false or wrong.

A sleepy little voice at the tranquil evening's fall
From a little cradle bed makes a lisping little call -
"Muvver, sing to little Willie, and oo must sing twice,
My favourite bedtime lullaby oo sings so nice."

Perhaps a biassed critic is our dear wee lad,
But he knows he has a strong and staunch supporter in his dad.
Could he choose another mother, and had I of wives a choice,
We should have the same good woman with the same sweet voice.

ANSWERING VOICES

A man whose mien showed naught of fear,
But with a challenge in his tread,
Raised high his voice in accents clear -
"Romance is dead! Romance is dead!"

And some in sorrow groaned and sighed,
Some doubtful looked, but nothing said,
And still the voice, resounding, cried -
"Romance is dead! Romance is dead!"

The man strode on, unchallenged, alone,
And raised in triumph was his head,
And yet despair rang in his tone -
"Romance is dead! Romance is dead!"

Two lovers by an old grey mill
Walked in the vale, where bees do hive;
Their answer held a joyful thrill -
"Romance is alive! alive! alive!"

By ivied cot two old folks sighed -
"Our youthful memories we revive"
With tears and handclasps they replied -
"Romance is alive! alive! alive!"

Two lovers in an airship fled,
A swift elopement to contrive,
And echoed gaily as they sped -
"Romance is alive! alive! alive!"

Then rose a girls' chorus sweet -
"Our song the truth right home will drive,
With joy and gladness we repeat -
"Romance is alive! alive! alive!"

The man whose mien showed naught of fear
With rousing voice the chorus led,
And sang in candid tones and clear -
"Romance is alive! alive! not dead!"

THE ANGLER'S SONG

Hie, ye anglers, hie away, once again the
whirring reel,
Ever tuneful, ever gay, sings to thee of
heavy creel;
Flick the waters gently, boys, lure the trout
from shady lair;
None but fishers know thy joys, far from city's
crowd and care.

'Neath the sombre fir's dark shade, o'er the
fall where waters break,
Swirling on at length to spread o'er the still
expansive lake;
Wade the swift and rock-bound stream, cast
thy fly o'er likely pools;
Did a famous man dare deem king of sports
the sport of fools?

Noble Walton, widely famed, one of true and
honest heart,
Loved the sport, and rightly claimed angling
as the "honest art",
Hie, then, merry fisher boys, lure the trout
from shady lair,
None but fishers know thy joys, far from city's
crowd and care.

BETTING ON THE STREET

Wee Wullie Daw bet Tammy Sma',
His strae'd be doon the gutter first,
An' Tammy Sma' cried-"Ten to twa
My wee ane will yer big ane worst."

A "bobby" vast cam' stappin' past,
An' stopped to see the boaties rin,
An' then at last a match he cast;
"I'll bet," he roared, "that ane'll win."

Inspector Broon then stappit doon,
An' got excited ower the race;
He bet each loon a white half-croon
He'd fin' a strae 'twad get first place.

He picked a strae he thocht wad dae,
Then bet the "bobby" five to twa;
But stood in wae when match an' strae
Jist on the tape cam' in a draw.

Then on the scene cam' Bailie Bean,
"Yer sins," he said, "near mak's me greet;
I've catched ye clean, an' noo the wheen
I'll fine for bettin' on the street."

THE COORSE O' MY GOWFIN'

The graun' game o' gowf I decided to lairn,
An' rose whan I heard the cock craw;
I laid doon my ba' on the coorse wi' great care, an'
I struck it (the coorse: no the ba').

Then, seven years'wunner, I made the ba' soar
Wi' my third-er, my thirtieth drive,
It hit a man's heid, an' I yelled at him-"Fore!"
He knocked me doon, roarin' oot-"Five!"

I stuck in a bunker, my first hole en route,
My caddie growled oot in a huff-
"I'll gang for a shovel the airth tae tak' oot,
If think ye it's no deep enough."

I ordered him gently tae staun' at the back o'
The ba', for its flicht tae be ready;
Then swung roon' my club wi' a flourish, an' whack "Oh!"
I'd struck-eh? the coorse? no, the caddie.

Afore I had time to be kindly inquirin'
For him, he gaed aff in disgust.
"What you need," he yelled, "is a caddie o' iron;
O' gowfers I've seen ye're the wust."

I reached a neep field, an' 'twas there, in the gloamin',
My last ba' o' twal disappeared.
Nae wunner folks ran whan they saw me aromin';
My aspect was ghaistly an' weird.

The man wha looks efter the grass I'd tae soothe;
I tipped him my hinmaist half-dollar;
"The coorse o' yer gowfin' 'll never be smooth,"
He groaned, "it wud cowp ony roller."

A CURLING SANG

I'm the skipper o' the rink, an' ye needna grin an' wink,
For I never blaw my horn;
Ye're mistaken if ye think that I like ower muckle drink,
For my nose wi' me wis born.
But the gemm wis niver made that the skipper niver played,
He's a demon at the curlin';
Let me see the man that said- "Ay, it's when he's in his bed,"
An' we'll vera sune be quar'lin'.

Chorus-
O, tae jink on the rink wi' a sandwich an' a drink,
In a hurl an' a burl I'm as happy as a tink,
Wi' a "Sweep, man, sweep, yer stane has fa'en asleep,
Gae hame, my man, an' curl in the lobby wi' a neep."
'Midst the rattle an' the roar o' the battle an' the splore,
The hurlin' an' the burlin'.
I can jink alang the rink wi' a sandwich an' a drink;
Eh, man, I like the curlin',
Ha! ha! I like the curlin'.

Ay, it's often we're enjined by the meenister to mind
No to swear withoot decorum,
But the meenister is kind, an' the meenister is blind
To the quaffin' o' a jorum.
An' if aince or maybe twice we sit doon upon the ice,
Ye'll agree it's no surprisin',
For a tum'le has a price, an' I think it awfu' nice
Gin a jorum helps the risin'.

Chorus-
O, tae jink on the rink-

Though my temper's awfu' short I'm a demon at the sport,
I'm as souple as a nipper,
I can tak' the nearest "port" whan a birkie's lookin for't,
That's the reason I'm the skipper.
Ay, it's often we're enjined by the meenister to mind
No to swear withoot decorum,
But the meenister is kind, an' the meenister is blind
To the quaffin' o' a jorum.

Chorus-
O, tae jink on the rink-

A WINTER ROWING SONG

Row, lads, row, with a cheerful will,
Let the oars bend well and the old boat thrill,
See the full tide swirl and the spray leap high,
We are off o'er the river 'neath a wintry sky.

Let yonder hill with the bonnet of snow,
And the frowning cliff with the mill below,
Sink faint and grey on the mist-lined shore,
Where the trees, like ghosts, stand white with hoar.

The boat's brave bows through the ice-float grind,
And the eddies close in the track behind;
See the wave-tips dance in the Nor-land breeze,
And the spray-drops quick on the gunwale freeze.

Old Gowrie lies in a wreath of rime,
Kinnoull's dark heights to the grey skies climb,

Like phantom cliffs from the world set free,
With a frosty film twixt the mount and the lea.

The shadows dance, and their edges coil,
By the peaceful bank of the reed-bound isle,
And golden beams in a frolic run,
O'er the reeds in the bursting wintry sun.

Row, lads, row, see the cold mists fade,
And the gull's wing flash like a silvered blade,
Hear the wild geese cry in the crystal air,
See the duck wing off to the isle so fair.

Sing, lads, sing, with a heartful pride,
On the lapping tide let the old boat ride,
Sing of the joys of the glorious Tay,
'Neath a frosty sky on a wintry day.

EPILOGUE

We were old age pensioners, my wife and I. Throughout the winter in our quiet Scottish village we'd sit by the fireside, seldom having occasion to go far afield.

I would be reading, my wife usually knitting. Often my book would slip from my fingers and I would start from a momentary sleep and meet my wife's smiling eyes.

Just before Christmas my wife died. So I sat alone and once more my book slid, and my eyes started open and flashed instinctively to where her eyes had smiled. I had not *seen* the smile. I had felt it. For an instant the desolation I had been feeling was intensified. Then came a sense of peace, comfort and hope.

Allan A Ross

Scots English Glossary

abune	*above*
ahint	*behind*
aiblins	*perhaps*
amaist	*almost*
amaith	*under*
anent	*about*
antirn	*occasional*
ava'	*at all*
baudron	*cat*
bedene	*soon*
belaggirt	*mud-covered*
benty	*grass-covered*
bickering	*travelling*
biggit	*built*
birlin'	*spinning*
birse	*bristle*
bittock	*small piece*
boke	*retch, belch*
bonny blink	*light at the window*
bonnywallys	*toys*
bools	*marbles*
breeks	*breeches, trousers*
breenge	*barge*
brog	*spike*
buddy	*person*
buskit	*dressed*
but an' ben	*two roomed cottage*
byart	*worn out*
byordinar	*extraordinary*
callants	*older men*
camsteerie	*quarrelsome*
canty	*cheerful, merry*
capernoitet	*capricious*
carl	*fellow*
carrie-handie	*left hand*
carritch	*catechism*
cauldriffe	*chilled*
caunel	*candle*
cheat-the-wuddy	*rogue, escape hanging*
clachan	*hamlet*
claes	*clothes*
claik	*expose*
clanjamfray	*everyone, crowd*
clauchts	*take hold of*
cleeds	*clothe, cover thickly*
cloor	*a blow*
cloots	*cloths*
collieshangie	*noisy dispute*
coorie	*crouch, cower*
couthy	*agreeable, comfortable*
cowes the cuddy	*beats everything*
cowp	*spill*
cranreuch	*frost*
crouse	*bold, courageous*
cun	*learn*
dagint	*confounded*
daimen	*rare*
darg	*work, toil*
daudit	*struck heavily*
dern	*hidden*
dichtit	*wiped*
do'tit	*stupid*
doo	*dove*
dorty	*sulky*
douce	*gentle*
dowie	*sad, ailing*
dowie an' dun	*dismal, grey*
dowff	*pithless*
dree	*endure*
dridder	*dread*
drunty	*sulky*
duddy	*ragged, tattered*
dunted	*punched, thumped*
dwam	*dream*
dweeble	*weak, feeble*
dwined	*pined, faded away*
elbucks	*elbows*
ettled	*tried, intended to*
eydent	*diligent*
faiket	*excused*
fashed	*troubled*
fashes	*upsets, troubles*
fawsont	*decent, seemly*
feckfu'	*capable, efficient*
fegs	*indeed, Goodness!*
fell droll pliskie	*amusing escapade*
ferlies	*curiosities*
fient	*without, not one*

fike	*fuss*
fleyed	*frightened*
flyte	*scold, chide*
forjeskit	*exhausted*
forfairn	*distressed*
forleetit	*forsaken, neglected*
fremit	*foreigner, stranger*
garr	*make*
geck	*scornful head toss*
genty	*elegant*
geyan	*fairly*
glaiket	*stupid, clumsy*
gleg	*nimble, smart*
gleyed	*squinted*
glisk	*glimpse*
glunchin'	*grumbling*
gowd	*gold*
graith	*suds*
grat	*cried*
gulravage	*enjoy oneself noisily*
haffet	*temple, side of head*
hallan-end	*gable-end*
hallans	*cottages*
hameld	*domestic*
hamshacklin'	*tied up with*
heezed	*heaved*
hirpled	*hobbled*
hobleshaws	*uproars*
howdert	*hidden*
howks	*digs*
humplock	*mound, hillock*
hurlie	*barrow*
ingans	*onions*
ingle	*hearth*
jalloosed	*understood*
jaukin'	*dawdling*
jauner	*talk idly, chatter*
jorum	*dram*
jundied	*jostled*
kail-runts	*cabbage stalks*
karkitch	*carcasse*
keek	*peek*
knurl	*nasty germ*
kraig	*throat*
leal	*loyal, true*
leesome	*pleasant*
lerrock	*foundations*
lintie	*linnet*
loupit	*jumped*
lowe an' lunt	*fire and smoke*
lum	*chimney*
mauchtless	*helpless*
maukin	*hare*
maun	*must*
mirk	*gloom, gloaming*
mislearit	*michievous*
mootit	*argued*
neep	*turnip*
neives	*fists*
niffered	*haggled*
pang	*cram*
parritch	*porridge*
pawky	*wily*
peched	*panted, gasped*
peenged	*whined, whimpered*
peeries	*spinning-tops*
pliskie	*trick*
pokes	*bags (pointed)*
poortith	*poverty*
poothers	*powders*
pow	*head*
puir	*poor*
randies	*agressive people*
reekie	*smokey*
reenged	*searched energetically*
reese	*praise*
reeshlin'	*whistling*
reivin' vaigs	*reiving vagabonds*
roupit	*hoarse*
runts	*stalks*
saeliens	*perchance*
scart	*scratch*
scartit	*scratched*
scoog nae mair	*beyond repair*
shauchled	*down at heel*
shoogly	*unsteady*
shoother	*shoulder*
Simon Pures	*the genuine article*
sinel	*few*
sirples	*sups*
skaith`	*harm*
skelled	*spilled*

skelpit *thrashed*
sleekit *sly*
snirled *sniggered*
snell *keen, cold*
snooled *moved lethargically*
soom *swim*
soople *supple*
soughs *sighs*
speir *enquire*
sprittie *spirited, lively*
steekit *stitched, bolted*
steeks *stitches*
steeriefykes *agitations*
steeve *firm, obstinate*
sten *wrangle*
stents *stints*
stoitter *totter*
stravaigin' *strolling, roaming*
stushie *fuss, commotion*
swackly *softly, actively*
sweir *reluctant*
swith *quickly*
swither *doubt*
syne *then*
taft *homestead*
taiglesome *slow, weary*
tairge *target, shield*
tanglefuit *whisky*
tapsalteerie *head-over-heels*
tentless *heedless*
thaik *thatch*
thaikit *thatched*
theevil *stirring-stick*
thowless *thoughtless*
thrangsome *crowded*
thrawn *stubborn*
tint *lack of, lose*
tirivee *anxiety*
towmond *twelvemonth*
trauchled *worn-out, weary*
tulzie *scrap, fight*
turmurrin' *murmuring*
twal *twelve*
tyne *lose*
tynin' *losing*
unco *great, much, very*
unsiccar *uncertain*
vaunty *jaunty*
veeve *bright*
vissie *look, glimpse*
vougy *vain*
waesucks *alas*
wanchancie *unfortunate*
wandocht *contemptible*
warsle *wrestle*
wattle *pliable reed*
weened *surmised, guessed*
weird to dree *find out one's fate*
whatreck *nevertheless*
wheen *many*
whigmaleerie *whim*
whilk's *which is*
whomilt *turned over, mixed*
whummle *turn over*
widdle *struggle*
wilyart *bewildered, dismayed*
winnock *window*
wittens *wisdom*
wyte *blame*
yammer *complain*
yett *gate*
yirth *earth*